Début d'une série de documents
en couleur

MARIE KRYSINSKA

—

La
Force du Désir

— *ROMAN* —

PARIS
SOCIÉTÉ DV MERCVRE DE FRANCE
XXVI, RVE DE CONDÉ, XXVI

—

MCMV

MERCVRE DE FRANCE

XXVI, RVE DE CONDÉ — PARIS-VI°

paraît le 1er et le 15 de chaque mois, et forme dans l'année six volumes.

**Littérature, Poésie, Théâtre, Musique, Peinture, Sculpture
Philosophie, Histoire, Sociologie, Sciences, Voyages
Bibliophilie, Sciences occultes
Critique, Littératures étrangères, Revue de la Quinzaine**

La **Revue de la Quinzaine** s'alimente à l'étranger autant qu'en France; elle offre un nombre considérable de documents, et constitue une sorte d' « encyclopédie au jour le jour » du mouvement universel des idées. Elle se compose des rubriques suivantes :

Épilogues (actualité): Remy de Gourmont.
Les Poèmes : Pierre Quillard.
Les Romans : Rachilde.
Littérature : Jean de Gourmont.
Littérature dramatique : Georges Polti.
Histoire : Marcel Collière, Edmond Barthélemy.
Questions morales et religieuses : Louis Le Cardonnel.
Science sociale : Henri Mazel.
Philosophie : Louis Weber.
Psychologie : Gaston Danville.
Sciences : Dr Albert Prieur.
Archéologie, Voyages : Charles Merki.
Ethnographie, Folklore : A. van Gennep.
Questions coloniales : Carl Siger.
Philologie : Remy de Gourmont.
Ésotérisme et Spiritisme : Jacques Bricu.
Chronique universitaire : L. Bélugou.
Les Bibliothèques : Georges Riat.
Les Revues : Charles-Henry Hirsch.
Les Journaux : R. de Bury.
Les Théâtres : A.-Ferdinand Herold.
Musique : Jean Marnold.
Art moderne : Charles Morice.

Art ancien : Tristan Leclère.
Publications d'art : Y. Rambosson.
Chronique du Midi : Paul Souchon.
Chronique de Bruxelles : G. Eekhoud.
Lettres allemandes : Henri Albert.
Lettres anglaises : Henry-D. Davray.
Lettres italiennes : Ricciotto Canudo.
Lettres espagnoles : Gomez Carrillo.
Lettres portugaises : Philéas Lebesgue.
Lettres hispano-américaines : Eugenio Diaz Romero.
Lettres néo-grecques : Demetrius Astériotis.
Lettres roumaines : Marcel Montandon.
Lettres russes : E. Séménoff.
Lettres polonaises : Michel Mutermilch.
Lettres néerlandaises : H. Messet.
Lettres scandinaves : P. G. La Chesnais.
Lettres hongroises : Zrinyi Jànos.
Lettres tchèques : William Ritter.
La France jugée à l'Étranger : Lucile Dubois.
Variétés : X...
La Curiosité : Jacques Daurelle.
Publications récentes : Mercure.
Echos : Mercure.

France: 1 fr. 25 net | Étranger: 1 fr. 50

ABONNEMENT

Les abonnements partent du premier des mois de janvier, avril, juillet et octobre

France		Étranger	
Un an.............	25 fr.	Un an.............	30 fr.
Six mois...........	14 »	Six mois...........	17 »
Trois mois.........	8 »	Trois mois.........	10 »

Poitiers. — Imprimerie du Mercure de France, BLAIS et ROY, 7, rue Victor-Hugo.

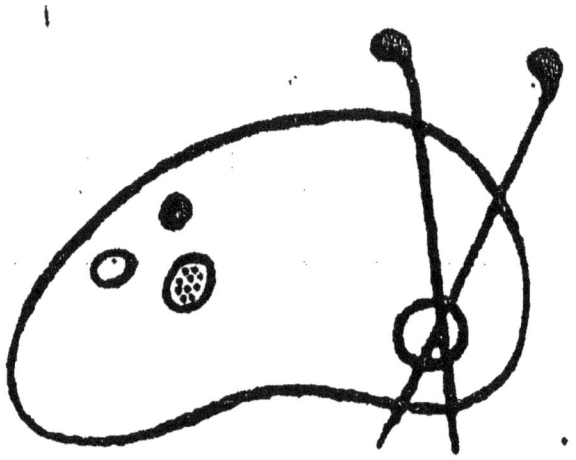

Fin d'une série de documents
en couleur

LA FORCE DU DÉSIR

DU MÊME AUTEUR

Pour paraître prochainement :

MARIE KRYSINSKA

—

La

Force du Désir

— *ROMAN* —

DEUXIÈME ÉDITION

`PARIS

SOCIÉTÉ DV MERCVRE DE FRANCE

XXVI, RVE DE CONDÉ, XXVI

—

MCMV

JUSTIFICATION DU TIRAGE :

1,400

PREMIERE PARTIE

L'EMPRISE

I

PROMISCUITÉS MONDAINES

M. et Mme Brodienne donnent leur dernière fête de l'année.

Dans le salon spacieux — dont à force de chaises agglomérées pour le concert, on est parvenu à faire un trou inhabitable — le poète favori vient de révéler un talent nouveau ; talent d'amateur, si vous voulez, mais fameux en son genre : assis au piano, il imite toutes les célébrités de café-concert ; arrivé à Yvette Guilbert, cela tourne au délire dans l'assemblée ; des vieilles dames s'offrent à jurer que c'est elle-même.

Des voix fanatiques réclament, à présent, de *ses* vers.

Le poète, naturellement, affirme sur l'honneur, qu'il ne se souvient pas d'une syllabe.

Dûment pressé, cependant, il finit par s'extraire une série de pièces qu'il lança dans le public béant comme on jouerait au tonneau et gagna à tout coup.

Il est glabre comme un acteur : les traits mous, ouatés d'un suif malsain, pas séduisant, certes, mais possède un tel aplomb que son succès n'étonne même pas ceux qui savent combien il est contenu de néant dans ces redites, maquillées selon la dernière mode — mode qu'on pourrait définir : à « l'Enfant terrible » et au « Pied dans le plat ».

Un comique lui succéda et enduisit l'assistance de monologues et de couplets d'une stupidité et d'une licence si outrageuses que l'accompagnateur en fit de fausses notes.

Quant au public, il avala tout, sans défiance, en redemanda :

— Une autre ! une autre !

Cette fois, il s'agissait d'un printemps chez les chiens, de pittoresques chapelets de flaireurs défi-

lèrent, évoqués par le fin diseur ; ce badinage,
d'une légèreté de trois cents kilos, fut trouvé ra-
vissant.

Une étoile obèse prend la place du comique et
détaille, comme à la loupe, de monstrueuses
cochonneries — ses deux seins excessifs de reine-
mère exposés au-dessus de la berthe en guipure.

Des jeunes filles sont là, en délicieuses toilettes
inventées cette année par de vrais artistes.

Des mousselines et des crépons de soie aux
teintes indéfinissables : bleus irisés d'argent,
mauves réchauffés de rose, satins blancs glacés au
creux des plis comme d'une eau verte.

Les visages traduisent le seul désœuvrement de
la pensée.

Et pourtant, elles comprennent tout, ces vierges.

Aucune intention leste ne leur échappe.

Elles savourent sournoisement un frisson lascif,
au rythme de la valse tzigane jouée en ce moment
par un pianiste italien dont le visage a la pâleur
des suprêmes pâmoisons.

Cette valse d'ailleurs est positivement indé-
cente.

Il y court des halètements lubriques, des onoma-
topées de délire sensuel, des soubresauts et des
spasmes.

Et les jeunes chairs à jeun de ces jouvencelles,
chairs tenues en réserve pour des placements
avantageux, convoitent le mâle qui déchaîne ses
accents troublants. Modernes ménades asservies
par la retenue mondaine, autrefois, dans les forêts
de la Thrace, elles se fussent partagé cet Orphée
pantelant.

Des chevelures charmantes de jeunes femmes se
rapprochent pour un mot.

Des frisons dorés, des nappes ondulées de châtaines, des bandeaux bruns en aile d'hirondelle.

Ce sont comme de flottantes banderoles que la
lumière du lustre fait chatoyer au-dessus de la
faïence pâle des décolletages.

Dans la porte ouverte à deux battants, les
hommes sont debout, entassés, s'embêtant à cre-
ver.

C'est un monde de bourgeoisie parvenue à la
réelle ou fausse notoriété parisienne — cela revient à peu près au même — des hommes de
lettres, des avocats, des journalistes — ceux-là très

choyés pour l'appât d'un écho, le lendemain, où se
puissent désaltérer les petites vanités.

Un bureaucrate morose, échauffé par la vie sé-
dentaire, réduit à un budget modique pour les
extras accordés à son tempérament — en dehors
de sa lugubre vie conjugale — s'offre un *excile-
ment* (selon le vocable anglais) un *excitement* éco-
nomique en achevant mentalement le déshabillage
des femmes :

Ce dos un peu frêle doit aboutir à des reins ner-
veux prêts à craquer et à plier, quelque prochain
jour, dans un enlacement légitime — ou autre, à
son défaut.

Voici une démarche molle révélant des cuisses
prestigieuses, puissantes et grasses, colonnes cou-
ronnées par un chapiteau replet, agréablement en
relief.

Une autre passe.

Ah! l'inopportune épaulette qui. vient interrompre l'effet de ce buste voluptueux, juste à l'endroit où les mignards méplats de l'épaule vont
glisser vers l'ombre aguichante d'une brunette
toison ; qu'il ferait bon y enfouir ses narines de
connaisseur !

Emboîtons le pas à cette rousse bien servie en chair dont l'épiderme, rose et doré, s'emperle d'une suggestive moiteur, pour humer son arome de femme.

De leur côté les dames mûres déchiffrent les hiéroglyphes des traits de mâles.

Ce nez de baryton, épais du bout, lustré presque, on dirait d'une tension, est d'un favorable augure.

— Je l'inviterai à mes thés de jeudis.

— Avez-vous remarqué, ma chère, vous qui êtes peintre à vos heures, comme ce blanc éclatant du col empesé fait jouer chez les hommes les tons vivants de la peau qui se colore d'un sang chaleureux et licencieux?

— Voilà M. d'Erinès, arrêté près du piano, qui vient illustrer à point votre observation — et il a l'air de se colorer en votre honneur, car il regarde de votre côté.

— C'est parce que je l'ai fixé exprès pour l'obliger à me regarder; je joue quelquefois ainsi à éprouver ma force magnétique.

— C'est un jeu parfaitement innocent... s'il s'arrête là.

— Ah ! chère Madame, vous avez l'esprit dépravé.

Le concert fini, on respire et on circule vers le buffet.

On se reconnaît maintenant.

— Comment va, de Vivray ?

Cette phrase d'accueil, accentuée d'authentique sympathie, s'adresse à un homme d'une quarantaine d'années, petit et mince, qui porte sur des épaules voûtées une curieuse tête, un peu chinoise, un peu batracienne, aux yeux saillants, et luisant des plus vives flammes de l'intelligence.

— Tiens, bonjour, Romanel, et votre femme ?

— Hélène est ici, elle sera très heureuse de vous voir. Vous êtes donc toujours par monts et par vaux ?...

— Oui, *la tournée* repart dans huit jours, me voici musicien ambulant.

Romanel étouffe un soupir.

Le petit bonhomme qu'il a devant lui est simplement l'un des plus grands artistes contemporains, compositeur original et savant ; il a eu jusqu'aux triomphes officiels, et ne peut être classé parmi les incompris ni les méconnus.

Tout le monde recourut à ses lumières et à son talent.

On a seulement pris l'habitude de ne lui céder aucune place là où il y a du pain à gagner.

Pour faire vivre sa femme et ses trois enfants, il en est réduit à *tenir* le piano au cabaret artistique du *Chat Noir* — dont le propriétaire, enrichi de quelques millions en dix ans, fait aujourd'hui des tournées par le monde entier avec *sa troupe*.

Romanel, grand et mince jusqu'à l'exagération, est un homme de lettres, de cette race inquiète dont la vie se dilapide en désir d'une perfection qu'ils ne savent pas *vouloir* assez puissamment pour l'atteindre.

Depuis son mariage, toute son âpre convoitise de Beauté, se centralisa dans l'amour pour une femme qui résumait, par l'harmonie de sa silhouette, par le particulier de sa grâce, cet idéal poursuivi.

Après la crise de passion des premières années, c'était maintenant le nirvâna de la tendresse partagée entre cette Hélène, plus belle de ses vingt-huit ans épanouis, et leur fillette de sept ans, leur

petite Christine, dont le jargon de l'idolâtrie pa-
ternelle avait fait *Cricri*.

De Vivray et Romanel passent maintenant dans
un salon où la sauterie s'organise.

Hélène vient au-devant d'eux :

— Bonjour, mon cher de Vivray, je suis si
contente de vous voir; c'est une rareté, depuis
quelque temps, et vous savez à quel point je vous
aime.

De Vivray baise galamment la main de Mme Romanel et ils se retirent tous trois dans une embra-
sure — où des palmiers étiolés improvisent un
coin de serre — pour causer librement, tandis que
des couples tournoient, agitant l'air de la volée
lente des robes.

—Bonjour, vous !

C'est encore pour de Vivray qui est connu
comme le loup blanc.

Et la blonde Luce Fauvet pose sa main gantée
de chevreau crème sur l'épaule du musicien.

— Bonjour, Luce, pourquoi n'avez-vous rien
chanté ce soir?

— Parce que *j'ai* pas voulu.

Et Luce montre un impeccable écrin de quenottes.

Ces façons gamines ne déparent point Mlle Luce
Fauvet et lui réussissent parfaitement à tenir en
laisse Pierre Grandet, le député journaliste,
l'homme envié du moment, très populaire quand
même et en passe des plus hautes situations.

— Est-ce que Grandet est là ? — demande de
Vivray.

— Non, il est à son journal, il le prétend, du
moins.

Un des dandysmes de Luce, c'est d'afficher les
infidélités de son grand homme.

— Au revoir, je vais danser.

Et la jeune femme s'éloigne dans le frissonnement sonore de ses dessous de demi-cocotte.

Les voix s'enchevêtrent et se mêlent comme des
sonorités d'instrument avant l'accord, les mots
dépouillent leur signification, se confondent, sus-
citant un vertige gris où l'étincelle d'un rire de
femme brille un instant, puis s'éteint.

Luce Fauvet maintenant pérore dans un groupe
de journalistes avec des minauderies gamines,

toujours, mais additionnées d'un rien de ponti-
flant, assez comique.

— Il a eu raison de ne pas me laisser paraître
dans ces tableaux vivants, mais moi, je me suis
fâchée tout de même, parce qu'un amoureux ne
doit pas s'occuper de ce que son amie fait au
théâtre, pas?

— Pourquoi donc?

— Est-ce que je m'occupe de ce qu'il fait à la
Chambre?

— Tenez, Luce, n'est-ce pas votre ancien adora-
teur qui vient là avec un autre gentleman? — ca-
queta, en manœuvrant son monocle, Bréval, le
chroniqueur prolifique de la *Gazette*.

— Oui, c'est le peintre Paulain, on l'avait sur-
nommé dans les ateliers Paolo, à cause des airs
penchés qu'il a promenés longtemps à mon intention, et puis on s'est aimé comme deux gosses,
soupira-t-elle.

— Oui, comme deux gosses vicieux.

— C'était lui le plus bête des deux. Ah! c'était
gentil comme tout!

Et le joli rire de Luce va frapper le nouvel arrivant, comme d'un coup d'éventail sur l'épaule.

— Aujourd'hui, il est marié, c'est un homme sérieux — conclut-elle — tandis qu'il approche.

— Est-il permis de présenter ses hommages à M¹¹ᵉ Fauvet ?

C'est Paolo qui parle en s'inclinant cérémonieusement.

— Bonjour, monsieur Paulain.

Et ils restent, face à face, glacés par l'eau écoulée de toutes ces années vécues ; alanguis soudain, par la montée du souvenir, mais du souvenir aboli, évaporé comme le parfum d'un flacon vide, resté ouvert depuis trop longtemps.

Une angoisse atténuée de mélancolique douceur, fait se chercher leurs yeux à la poursuite des vestiges anciens.

Mais tout est enfui, changé irrévocablement.

— Eh ! bien, ma chère Luce — chuchote-t-il — on est donc devenue une divette en vogue, j'entends parler de vos succès, et j'en suis très fier.

— Je vous remercie, Georges ; et vous, êtes-vous heureux ?

— Bah ! est-ce [que c'est bien utile d'être heureux ? C'est une dangereuse manie.

— Oui, c'est un préjugé.

— En tout cas, c'est trop difficile.

— Et, dites-moi, est-ce que vous êtes fidèle à votre femme?

— Sans doute, ma chère amie, fidèle comme un toutou. N'ai-je pas toujours été fidèle?

— C'est vrai, vous avez été un gentil amoureux ; mais vous abandonnez votre ami que je vois se promener tout seul là-bas, il va m'en vouloir ; il est bien, d'ailleurs, votre ami, présentez-le moi.

— C'est très facile ; prenez mon bras, nous allons le rejoindre.

Dans l'air attiédi de musc léger où fraîchit en note gaie la verveine, les visages et les épaules nues se sont enluminés d'une inquiétude vague des sens, provoquée par la danse et cette promiscuité des contacts tolérés.

Près des frisons, les lobes de l'oreille saignent comme des fraises bonnes à cueillir et les éventails halètent d'un voluptueux malaise.

Les hommes, faces congestionnées au-dessus des plastrons éblouissants, fouillent du regard et de l'odorat les échancrures des corsages, palpent de leur convoitise en éveil les seins transparaissant

sous des mousselines de soie, l'inflexion des
hanches et des croupes.

D'aucuns se communiquent des confidences sca-
breuses, d'ironiques appréciations de maquignons,
des vantardises, se repassent le potin scandaleux
du jour.

D'autres, authentiquement vaincus par l'atmosphère chaude, chargée de parfums et d'effluves,
savourent un vertige érotique, oublient, pour un
instant, les platitudes de la quotidienneté.

Ainsi la luxure, bien que refoulée par l'égoïsme
sans merci, l'appétit des contentements, où nulle
association n'est nécessaire ; joies d'obtuse vanité,
bonheur de duper à son profit — où l'on goûte
aussi des ivresses de capitaine victorieux — la
luxure, despotiquement reprend ses droits, déjoue
les calculs.

Et c'est par ce seul chemin que l'humanité moderne, dessiquée dans l'âpreté des ambitions mesquines, la lutte pour des intérêts sans grandeur, le
croupissement dans le médiocre, retourne encore
vers quelque besoin d'exaltation, vers un peu
d'idéalité.

L'homme physique empêche la déchéance complète de l'homme moral des civilisations caduques et corrompues.

A présent, en cette salle — où sont réunis des individus des deux sexes, chacun férocement égoïste et personnel — une chaleureuse fusion s'établit, toute matérielle, véhémente néanmoins.

On communie sous les espèces de grisantes odeurs, de visions lascives.

La ferveur du sang délecte de sensations intenses ces hommes et ces femmes conscients d'être, par leur union, les dépositaires du futur humain, les détenteurs de la perpétuation des races.

Et toute la foule est comme une fleur épanouie dans la volupté, fleur féconde dont le pollen vole dans l'air embrasé.

— N'est-ce pas — dit M. de Vivray, en passant, à son ami d'Erinès — que ce rut a de la beauté et de la grandeur ?

— Sans doute, et comme les anciens avaient raison de rendre un culte aux attributs de la Muse Plastique, de personnifier l'amour dans une sereine et puissante déesse.

— Oui, à l'heure actuelle, la faiblesse de l'homme est sa seule force morale, le seul instinct noble qui limite son ambition d'être malfaisant exclusivement.

Mais aussi comme il s'en venge ! Comme il aime l'avilissement de ses élans de passion ! Comme il se plaît à la caricature de l'immortelle Aphrodite ! Comme son goût le mène aux représentations de son rêve détrôné de toute splendeur, déshonoré par des mains mercenaires !

— Mademoiselle Luce Fauvet, voulez-vous me permettre de vous présenter mon ami, Jean de Sainte-Aulde ?

Luce avait dit : — Il est bien, votre ami.

Jean de Sainte-Aulde n'avait pourtant ni la pâleur intéressante des poètes de *cheminée* auxquels les « Philotées littéraires » — selon le joli mot de Ledrain — apportent à respirer leurs flacons de sels et leurs cœurs suris dans des abstentions rageuses ; ce n'était pas, non plus, *le beau mâle* au sens galvaudé du mot — cependant il avait de quoi attirer l'attention, car, en cette époque anxieuse, artificielle, compliquée et débile, il portait les signes de la santé morale.

D'une taille élevée, élégante sans maigreur — il

avait la démarche et les mouvements refrénés et
alentis comme d'une paresse dédaigneuse, sans
nulle timidité gauche, toutefois.

Mais, dans le visage modelé avec franchise, aux
traits harmonieusement équilibrés, au teint d'une
patine claire et unie ; aussi dans les larges prunelles grises paraissaient avec évidence la curiosité
de vivre et des ressources d'ardeur encore inuti-
lisées.

Les cheveux drus, d'un ton de bronze brun,
quoique courts, annonçaient une tendance à se
disposer en houles capricieuses, révélant ainsi une
chaleur de sève passionnelle.

La contexture de son vêtement épousait avec
docilité les formes du corps et témoignait d'un
goût pour les modes anglaises sans aller jusqu'à la
servile exagération.

Le caractère dominant était une très réelle jeunesse, avec un délibéré dessein de livrer fort peu, au
dehors, de l'être intime, obstinément réservé en soi.

Jean de Sainte-Aulde s'inclina devant Mlle Luce
Fauvet, et le groupe ainsi réuni passait maintenant
devant l'encoignure où de Vivray causait avec
Mme Romanel.

Luce, prise d'un besoin de bavardage, parlait au peintre Paulain tout en regardant curieusement Jean de Sainte-Aulde dont les yeux brillaient d'une flamme tranquille.

— C'est M. *Tant mieux* qu'il devrait s'appeler, ce pauvre de Vivray qui fait son régal de la vache la plus enragée, et ce serait à souhaiter pour les médiocres, en général, que tous les grands artistes, comme l'est celui-là, eussent son insouciance.

— Oui, mais il paraît aussi qu'il n'est vraiment pas assez sérieux — observa Bréval — on m'a conté qu'un jour de répétition générale, dans l'orchestre qu'il conduisait, le trombone ayant fait un effroyable couac, mon de Vivray de se frotter les mains et de dire : — Très bien, mes enfants, ça va très bien.

— Permettez — intervint d'Erinès — je connais de Vivray et j'admire la malveillance des gens qui « ramassent » un mot d'ironie de l'homme d'esprit et s'en font une arme contre lui. Quant à son insouciance, cela m'a plutôt l'air d'être la fière et dédaigneuse attitude d'un homme conscient de sa valeur.

— Quelle est donc cette dame qui cause avec de Vivray ? — interrogea de Sainte-Aulde.

— C'est Mme Romanel, répondit d'Erinès.

— Ne trouvez-vous pas curieuse cette pâleur de brune avec les yeux clairs qu'elle a ?

— Oui, ce n'est pas banal.

— Je me suis toujours demandé comment les femmes voient les autres femmes ? — questionna de Sainte-Aulde en s'adressant à Mlle Luce.

— Ah ! voilà, nous les voyons comme nous les aimons ou comme nous les détestons.

— Et celles qui vous sont indifférentes ?

— Nous ne les voyons pas du tout.

II

POSSESSION OCCULTE

Jean de Sainte-Aulde avait eu l'enfance mélancolique de ceux plus qu'orphelins dont le père s'est remarié.

Sensible et volontaire, naturellement, il y gagna une force de révolte et une dureté implacable pour lui-même.

Ne pas accepter les bienveillances apocryphes de sa pseudo-mère qu'il devinait égoïste et froide, ni les demi-tendresses du père qu'il sentait distrait et détourné par sa nouvelle vie dans le remariage — tel était l'âpre objectif du gamin pas encore âgé de dix ans.

Ce trait fera juger de l'énergie précoce de l'enfant :

Malade d'une angine, il voit le matin la femme de son père entrer dans sa chambre et le morigéner d'abord pour la probable imprudence, puis repartir pour s'occuper de tisanes.

Pendant ce temps, le gamin, tout brûlé de fièvre et mourant de soif, se lève et boucle sa porte, décidé à périr là plutôt que de se laisser soigner par cette femme.

Il faut forcer la serrure pour le secourir.

Après la mort du père, le jeune homme se trouva riche et libre sans avoir eu le loisir de s'intéresser à la vie; la rêver ou l'espérer d'aucune manière.

Les livres seuls jusqu'à ce moment l'avaient séduit.

Il aimait s'associer à la fantaisie complexe et féroce des ironistes anglais : Marc Twain, Dickens, Swift — chez qui la mélancolie se cache sous une coléreuse gaieté, où dans l'*humour* méchant et presque fou, sonne toujours un peu du rire d'Ophélie.

Son cœur ainsi resta défendu jusque dans l'âge d'homme contre toute surprise bête et c'est avec tranquillité qu'il attendait l'imminente aventure, sans l'appeler, ni la redouter.

Il voyagea et fut ému par la beauté des aspects; mais à fleur de nerfs, sans communication intime, impressionné seulement en son sens esthétique qu'il avait vif et judicieux.

Là, aussi, était toute sa morale :

Il y avait des actions jolies ou laides — comme des femmes et comme des contrées—banales ou non.

Tout était là.

Au criminel original, audacieux et désintéressé il n'eût point refusé sa sympathie.

Rentré chez lui, de Sainte-Aulde procéda lentement à son coucher de jeune vieux garçon.

Une fois installé au lit, il prit un livre.

Cependant une indifférence plus complète gagnait ses nerfs.

— Dormons, se conseilla-t-il.

Mais, avec l'acharnement radoteur des insomnies, les détails de la soirée défilaient, prenant une insistance absurde.

Luce Fauvet répétait à satiété les paroles quelconques prononcées par elle — et il s'écoutait lui répondre.

De Vivray, dont il avait entendu fortuitement l'histoire, l'apitoya avec excès.

Puis des airs de danse rabâchèrent dans sa mémoire, on eût dit moulus, en des orgues de barbarie invisibles, par des gnomes taquins.

Il se souvint d'un moyen qu'il avait coutume d'employer pour forcer le sommeil lorsqu'il était tout enfant encore :

Les paupières fermées, il guettait le moment où de légères fumées lilas commencent à s'élever lentement, toujours renaissantes de leur sillage.

Cela se précise au bout d'un instant en myriades de perlettes de couleur vive et suave, électrique et falote.

Des vestiges de lumière emmagasinée pendant la veille se vaporisent, il se peut, et sautillent et montent : feux follets sur les marécages brouillés où se noient les sensations de la journée.

Et c'est joli, joli, ces petits fantômes d'apparence.

Des bulles de feu tendre qui tournent en mauve exquis avant qu'on ait eu le temps d'admirer.

Des ors et des rouges subtils, des orangés féeriques.

Cela se fond quelquefois en rubans où les teintes se combinent et se dégradent en capricieuses harmonies.

Brusquement tout s'éclipsa.

Il eut beau rappeler le captivant spectacle de tout l'effort de ses paupières rapprochées.

Rien ne vint ; mais il fut plus près du sommeil.

Et le visage de Mme Romanel s'imposa, revêtu de signifiances dans le demi-rêve commençant.

Cette apparition lui plut et il la retint entre ses cils.

Les yeux frais et clairs dans ce visage pâle, désaltéraient son ennui.

Mais bientôt, méchamment, ces yeux de vision se clorent et ne voulurent plus se donner à son souhait.

Il se consola d'une bouclette près de la tempe, brillante et mince comme une lettre de quelque écriture ignorée.

Sur le nez légèrement bossué la peau se lustrait doucement, pareille à de la porcelaine de Chine.

Avant de s'endormir, Jean eut le temps de songer :

— Est-ce absurde cette obsession, je ne la

trouve même pas belle, cette femme, curieuse tout
au plus.

Puis il croula dans le sommeil et, parmi des décors touffus d'embûches, de tourments et de haltes
savoureuses, il posséda Hélène avec une violence
de joie qu'aucune femme vivante ne lui avait
donnée.

III

LUCE SE DÉSHABILLE

Luce Fauvet, avant de descendre de voiture à sa porte, leva les yeux vers les fenêtres du second étage, les espérant éclairées.

Quelquefois Pierre rentrait avant elle, trouvant un fin régal d'artiste au gentil manège de Luce, à sa toilette du soir.

Le manteau enlevé, puis la robe, c'est la vraie femme qui apparaissait dans le frissonnement sonore des jupons de taffetas, en corset de faille brodée de bouquets.

La beauté blonde de la divette en ce joli cadre prenait la grâce libertine des Fragonard — et les épaules rondes d'un charmant coloris et les seins fermes d'un galbe pur — tout le buste mignard semblait une gerbe de roses thé au parfum provoquant.

Vers deux heures du matin, il fallait quitter tout cela pour rentrer au bercail où l'épouse et la fillette dormaient d'un sommeil bienheureux.

Ce soir, les fenêtres étaient noires et Mlle Luce dut se déshabiller devant des fauteuils vides.

Cela ne lui plaisait pas beaucoup, car le fond de sa nature était comédien et c'est très sincèrement qu'elle cabotinait dans la vie privée.

Dévêtue à demi, elle passa une sortie de bal et alla s'accouder au balcon dans une pose de langueur qu'elle jugea réussie.

Des fiacres roulaient avec un bruit de mer sur les galets.

Par moment, elle croyait percevoir l'arrêt d'une voiture devant sa porte, mais le roulement recommençait au tournant de la rue et tout retombait dans le silence.

Luce, justement, inaugurait ce soir-là des dessous étonnants : en satin liberty, bleu fleur de lin, broché de roses mousseuses avec, au bas des jupons, de hauts volants en Chantilly.

C'était vexant de rater son apparition en bibelot coûteux, et, dans son désappointement, il lui venait une sorte de vrai chagrin d'amoureuse alanguie par l'absence.

Un pas qu'elle crut reconnaître résonna sur l'asphalte.

Mais le bruit décrut, se perdit.

Des becs de gaz s'effilochant dans la brume, une mélancolie l'envahissait, une impression de campement précaire en quelque bivouac immense.

Cela avait été un peu toute sa vie.

Les haltes amoureuses où l'on a chaud à l'âme dans l'encens grisant des victoires, dans la bonne exaltation qui épanouit les sens et les délecte d'authentiques abandons.

L'amusette gentille de l'en ménage où l'on se donne sincèrement la comédie de croire au havre sentimental définitif.

Puis, les lassitudes grises des fins de roman, quand l'illusion rentre ainsi qu'un cheval fourbu en boitant et tirant sur le licol.

Le givre de rancune et de petite haine qui engourdit les nerfs — frémissant jadis d'enthousiaste tendresse.

Et enfin les ruptures, désirées la veille, le lendemain vous brisant de tristesse mortelle, vous laissant effarée et transie au milieu d'un monde vide, dépourvu désormais — on n'en doute pas — de tout intérêt.

Puis, de nouveau, les nouvelles passionnettes, voire les grandes passions, qui sont toujours la première ; on le jure et on le pense.

Partie comme un moineau du nid plébéien, sitôt les premières plumes nubiles poussées, elle avait connu l'errante aventure, d'atelier en atelier, modèle aux formes un peu garçonnières encore, et indécises ; se muant rapidement en petite Vénus choyée, aimée, respectée même, à cause de sa fragile jeunesse de blondine guettée par la maternité précoce.

Puis, ce premier et unique bébé, récolté on ne sait où, dans quelque souper offert un soir d'ennui par un passant au ventre de notaire orné d'une grosse chaîne d'or qui fit rêver la petite de haute vie demi-mondaine.

Le seul souvenir : ce menu cercueil blanc qu'elle suivit sortant de l'hôpital, pâlotte et désolée, dans les premières émanations des marronniers en fleurs, dont le vert parfum mettait un peu d'espoir à sa tristesse.

Enfin, la rencontre de Pierre, et, avec lui, l'existence de luxe et de confort, qui, tout de suite, lui sembla si naturelle, si bien faite pour elle.

Deux heures sonnèrent à la Bourse et Luce, navrée, alla se coucher, gravement froissée de cette défection, roulant des projets de vengeance dans sa tête frivole en même temps que ses boucles sur des bigoudis.

IV

MARCHANDE DE PLAISIRS

Sainte-Aulde se réveilla morose vers dix heures.

C'était une de ces ternes matinées du printemps commençant à regret et de mauvaise grâce.

Le ciel semblait sali par l'haleine de la ville haletante sous lui, et les arbres encore nus et maigres étiraient leurs bras comme d'ennui.

Une fine pluie brouilla les vitres et Jean eut la sensation d'une prison et d'une désolation à n'être impatient de rien que cette journée nouvelle eût pu amener.

Ce n'était point le spleen, si commun à sa génération où les sources généreuses sont taries, les nerfs détendus, c'était encore bien moins une attitude adoptée par snobisme et gardée par coutume même dans le seul à seul.

La vie apparaissait à Sainte-Aulde comme quelque chose d'insipide en son extérieur, mais enfermant en soi, cachée, une saveur de joie possible.

Beaucoup meurent sans la connaître, cette saveur, car il faut des poings puissants et volontaires pour casser la dure écorce avant de mordre dans la noix.

Or, il ne se sentait pas la force de vouloir cette conquête, assez pour l'obtenir.

Le domestique posa sur la table la théière, la tasse et les rôties — une habitude rapportée de Londres — et cela seul lui donna le courage de quitter le lit.

Son courrier de suite éveilla une curiosité vive, contradictoire à l'apathie de tout à l'heure.

Des invitations à dîner dans des maisons cossues où il y a des jeunes filles à marier; un faire part de la mort d'un voisin qu'il n'avait jamais vu, et enfin une lettre de Fabien — un camarade de collège retrouvé l'an dernier, un fantasque rêveur dont Jean aimait les originales billevesées.

« Cher ami — écrivait Fabien — cette fois, je suis sûr de pouvoir réaliser mon rêve, ma folie, selon toi, — comme si le rêve était plus incohérent que la vie.

» Je ne doute pas de ta conversion pour le jour prochain où tu te trouveras nez à nez avec l'Evidence et que tes yeux verront.

» J'ai d'ailleurs besoin de toi pour mon œuvre parce que tu es franc et droit et aussi parce que tu es riche.

» Or, il faut de l'argent pour les premiers pas à faire dans la Voie où je m'engage en ta compagnie, si tu y consens ; rien ne me sera, d'ailleurs, plus facile que de m'acquitter.

» Il ne s'agit que d'un voyage, que je présume court, qui sera peut-être long, peu importe, puisque le résultat est au bout, et quel résultat !

» La pierre philosophale est un jouet d'enfant à côté du trésor que nous allons posséder, le philtre d'immortalité n'est point comparable non plus au talisman sur la trace duquel m'ont conduit mes bienheureuses veilles sur les livres à peine déchiffrables à force de vétusté — fortune incomparable que j'ai trouvée en ce vieux grenier au fond du Finistère, chez le vieil oncle qui m'a déshérité en me traitant de fou.

» Ah ! le merveilleux héritage qu'il m'a laissé, au contraire, et combien je bénis son obtuse mémoire.

» Ce que je tiens — car je le tiens presque déjà — c'est la puissance créatrice du Désir. Comprends-tu cela ?

» De quoi peupler ma vie de toutes les merveilles du Songe devenu Réalité par mon ordre souverain, car je serai celui qui possède l'infiniment précieux charme.

» La mort, elle-même, je peux lui ordonner de fuir à jamais ma demeure, je peux lui défendre d'approcher de quiconque m'est cher — mais c'est chose grave et qui demande réflexion avant d'infliger l'immortalité à ceux qui ne pourront, comme moi, remplir leurs heures de l'incessante féérie du Rêve conquis, apprivoisé, pour ainsi dire.

» Où se trouve cette plante de miracle dont le nom terrible est *Aïn-Rassoul*, je ne le sais pas au juste encore, mais ayant subi les épreuves et les jeûnes ordonnés par le Livre, je me sens attiré vers le Nord.

» Ne tardons pas un seul instant : aujourd'hui même je viendrai te prendre, t'enlever à la vie insipide de Paris.

» Et en route pour une existence merveilleuse.

    » Ton véritable ami,

              » FABIEN. »

Ah ! le bon toqué ! dit Jean de Sainte-Aulde après cette lecture.

Puis, tout soudain, l'idée d'un voyage sans but raisonnable, en compagnie de Fabien, l'allécha.

L'absurdité même de cette résolution avait de quoi lui plaire.

Il donna des ordres pour son départ immédiat et attendit de pied ferme.

Pendant sa toilette du matin, les mille riens qui constituent la douceur du chez soi, lui griffèrent les nerfs comme de muets reproches.

Le tub et la grosse éponge — qui semble la métaphorique éponge passée sur les enfiévrantes lassitudes de la veille — le contact agréable des flacons de cristal où les essences gardent une caresse pour l'odorat et dont l'âme légère demeure aux plis des tentures imprégnées.

Dans le fumoir, parmi l'odeur ambiguë et sourde des tapis venus du lointain Orient, le bon fauteuil accueillant, près du bureau, le coupe-papier au milieu d'un livre commencé, et, tout à portée de la main, les cigarettes et les allumettes au crépitement gai.

Mais après le déjeuner solitaire où les plats avaient un goût d'ennui, il attendit impatiemment la venue de son ami.

Un coup de timbre dans l'antichambre.

C'est probablement Fabien.

Non, ce n'est pas lui.

C'est Mlle Evelyne Porcelet, courtisane sérieuse et méthodique, sorte de commis-voyageur en voluptés.

Elle a, sur son carnet, un certain nombre de clients inscrits, et sa tournée se borne à un arrondissement par jour.

Elle sonne aux portes des garçonnières, posément, sagement.

— Monsieur est chez lui?

Souvent Monsieur est occupé; il a une visite.

Elle se retire alors discrètement.

— Ce sera pour une autre fois.

Jean l'avait ramenée, un soir de flâne, de l'*Olympia* qu'elle *fait* régulièrement tous les mardis.

Sans perdre son temps aux bagatelles du marivaudage, Mlle Evelyne se déshabille, repliant avec soin la chemisette de soie, roulant avec dextérité son corset broché — il faut ménager le matériel — expose une marchandise de bonne qualité : chairs blanches et fermes entretenues en parfait état par des bains au Pennès, seins confortables, soignés avec des lotions, ongles polis et fardés, retraits intimes vaporisés d'essences ambrées.

Jean marmonne des compliments, froid, pas en train, vanné par cette nuit où il a rêvé de Mme Romanel.

Cependant la digestion finissante de son récent repas et aussi le brûlant souvenir de ce rêve, lui envoient soudain aux moelles un frisson chaud ; une sensation lubrifiante baigne ses nerfs dressés d'une appétence impérieuse.

Et il se sert sans façon et sans phrases des friandises, étalées sur le divan bas par la marchande qui en fait les honneurs, complaisante et avisée.

3*

Mais la fille payée et partie, une indicible tristesse abat le mâle repu.

Fabien arriva vers trois heures en carrick de
voyage, l'air fort naturel et nullement étonné de
voir Sainte-Aulde prêt au départ.

Jean, remis de sa crise mélancolique, goûte des
joies de collégien en vacance pendant que le fiacre
mène les deux amis à la gare.

V

LA CHRYSALIDE D'UNE AMOUREUSE

Hélène Romanel — fille de M. Morand d'Ulm, gentilhomme, bien platoniquement campagnard, car il passait onze mois par an à Paris laissant sa femme et sa fille dans la belle propriété de Monfort-l'Amaury — Hélène fut dotée par la plus généreuse des fées, d'une nature simple, équilibrée et vivace comme un arbuste poussé en belle terre.

Exempte de propensions morbides, tout de la vie lui était saveur agréable.

A l'âge de femme, elle gardait toute la fraîcheur des sensations d'enfance.

Sa mère, par un chef-d'œuvre de tendresse, sut lui cacher le double drame au milieu duquel la petite avait grandi ; drame de ruine et de trahison.

Quant à ce père, incorrigiblement jeune à cinquante-quatre ans, il avait sa place dans le souvenir de l'enfant, comme un élégant étranger, aux rares visites, dont la mort fut le premier événement grave qu'elle eût connu.

Elevée à la campagne, végétativement, elle partagea longtemps les jeux des vraies petites paysannes et des gentilles bêtes familières ; mais les sycomores du parc, où se suspendaient des guirlandes de houblon sauvage, ne lui paraissaient pas moins fraternels.

Placée au couvent, déjà grande fille de quatorze ans, tout intéressa son intelligence gaie. . ,

Les études attirantes de l'histoire des peuples, qui faisaient émaner des pages comme une odeur de lointain, de mœurs barbares et pittoresques.

Les cours détestés et trop longs étaient eux-mêmes les bienvenus à cause de la joie de délivrance qui succédait.

Les heures du repas, la récréation, la station un peu exagérée à la chapelle avec son pieux ennui, jusqu'aux réprimandes pour quelque vétille —

tout se résumait par une impression spéciale qui
avait son prix.

Le passage même de l'enfance à l'état de jeune
fille ne produisit aucun trouble imaginatif, et les
questions imprudentes du chapelain confesseur, se
fondant sur la perversité des autres élèves pour
juger celle-là, étonnèrent seulement Hélène.

C'était la vierge raisonnable, pure et saine, hostile uniquement à ce qui eût menacé sa quiétude.

Cependant autour d'elle, le monde des jeunes
filles, ses compagnes de couvent, dégageait une
température de passion naissante, fébrile, échauffée
et languide.

Dans le dortoir, de lit à lit, des chuchotements
couraient, coupés court par le réveil grondeur de
la surveillante sortant d'un sommeil apocryphe.

Hélène ne put échapper à des confidences fan-
tastiques.

Un mélange de naïveté et de perversité faisait le
fond de ces rêvasseries de jeunes imaginations battant la campagne, équipées de bribes de renseigne-
ments saisis de ci, de là : dans une conversation
de bonnes écoutée sous la porte, sur un fragment
de feuilleton déchiré.

Une blonde, déjà grasse à treize ans, racontait au milieu d'un cercle de compagnes ébahies — sous le sceau du plus grand secret — qu'elle avait un enfant, un petit garçon dont elle ferait plus tard un navigateur comme on en voit dans les romans de Jules Verne.

— Et comment cela t'est-il arrivé, dis vite.

— Oui, vite, ne nous cache rien.

— Voilà, c'était à la campagne, chez mes parents, avec un cousin qui venait la nuit à la grille du jardin.

— A la grille du jardin !

— Oui, la grille était bien entendu, fermée, seulement, à travers les barreaux, je pouvais lui donner ma main, qu'il embrassait, qu'il embrassait de toutes ses forces.

— Et ça t'a fait un petit garçon ?

— Naturellement.

— Oh ! comme tu devais avoir peur ! Dans l'obscurité !

— Mais pourquoi était-ce pendant la nuit ?

— Jeune sotte ! ne sais-tu donc pas que les enfants ne se font que pendant la nuit ?

— Et puis il faut être déshabillée.

— Aussi je n'avais que mon petit jupon et un chapeau de jardin crainte des chauves-souris.

D'autres, plus tisonnées par la puberté approchante, trompaient leur soif de contacts pressentis par des baisers amoureux, de furtives étreintes, entre élèves.

Des amitiés ardentes, exclusives et jalouses, troublaient parfois la paix des salles d'études par des crises de sanglots véhéments.

M. l'abbé était enveloppé, aux heures de ses cours de physique et de mathématique, d'une buée de troubles désirs, toute la classe n'était qu'un petit harem livré à sa discrétion, ce dont, d'ailleurs, il ne s'est jamais douté probablement.

Hélène, témoin des manifestations de tendresses entre ses camarades, trop impossibles à ne pas voir — se donnait la romanesque explication que voici :

Peut-être quelques jeunes garçons s'étaient-ils déguisés en filles pour participer aux études de leurs futures épouses en attendant l'heure de l'hyménée.

La rencontre de Jacques Romanel chez des amis de sa mère, l'année où elle quitta le couvent, sa demande en mariage, et le mariage même ne bouleversèrent rien de cette petite âme bien ordonnée qui avait fait la part à l'avance d'un tel événement.

Seule, la venue au monde de la petite Christine marqua une ère émotionnelle et la fillette demeura la préoccupation capitale de la mère, enfant elle-même et de candeur aussi complète.

Par un hasard narquois, la nature physique d'Hélène était contradictoire à sa nature morale.

Son teint avait la pâleur d'une lampe d'albâtre éclairée par une flamme brûlant à l'intérieur, et ses yeux lumineux — des yeux de Pallas-Athéna glauques et bleu-électrique, semblaient recéler une puissance consumant tout, autour de soi, et une très spécieuse vie sentimentale.

Une abondante chevelure châtain, presque noire, soyeuse et légère comme le sont plutôt celles des blondes, faisait un cadre inattendu à toute cette lumière du teint et des prunelles.

La bouche menue, d'un dessin calme, avait la coloration vive et coraline.

Les mêmes contrastes de sérénité et de passion contenue se retrouvaient dans la taille élancée, sans mièvrerie, aux mouvements agiles, parée de

la suprême séduction de la santé et de la joie inté-
rieure.

Malgré l'énervante nuit passée au bal, Mme Romanel se leva le lendemain de bon matin, selon sa
coutume.

Le régal intime de ce moment de la journée était
la toilette de la petite Christine.

Hélène retrouvait sa ressemblance parfaite chez
sa fille — sans trop se l'avouer — la jugeant d'une
beauté surhumaine.

Au fond, elle savourait la joie qu'une femme
éprouve à se mirer lorsqu'elle se sait jolie.

Elle n'aurait laissé à aucune autre main que la
sienne le soin de peigner les beaux cheveux châ-
tains de la fillette, à peine différents de ceux de la
mère, sans boucles folâtres, largement ondulés
comme l'eau d'un lac effleurée par le vent.

Ces cheveux de crépuscule, près des yeux limpides et joyeux de blonde, revêtaient le visage de
la petite du même caractère d'étrangeté que celui
d'Hélène.

Mais le teint chez l'enfant restait matutinal,
coloré des insoucieuses roses de l'âge printanier —

tandis que la pâleur de Mme Romanel était un
éblouissement suggestif des plus romanesques
clairs de lune.

Le déjeuner réunit à la table Jacques avec sa
femme et la petite fille dans une charmante et
quiète intimité.

Doucement on remémora les menus incidents
de la soirée chez les Brodienne, on s'égaya au souvenir du concert et du terrible poète virtuose.

— Il ne t'a pas un peu tourné la tête, cet étonnant
Riquières? demandait Jacques à sa femme, en cas-
sant la coquille d'un œuf cuit à point.

— Non, pas précisément — répondait la jeune
femme, amusée de cette baroque supposition, tout
en replaçant la serviette dérangée au cou de Christine.

Sur la table, un grand pot de grès était posé,
plein des premières ravenelles de l'année, au frais
parfum contrastant avec les chaudes teintes de
leurs velours — créait une atmosphère d'épanouissement au-dessus de la nappe blanche.

La carafe d'eau se striait de petits arcs-en-ciel
brisés aux facettes de cristal.

Le vin faisait les verres moitié rubis, moitié diamant.

Dans cette lumière bienveillante des derniers
jours d'hiver — lumière virginale venue des fenêtres drapées de mousseline à pois — toutes les
couleurs sont éloquentes.

L'or du pain évoque les moissons ensoleillées.

La salade charme par sa fraîche verdure comme
un coin de jardin printanier amené là ; et, auprès,
la burette d'huile semble contenir les lourds
reflets des pays de soleil.

Le couple eut la réminiscence en même temps,
sans avoir besoin de communiquer autrement
que par un regard échangé, d'une récente prome-
nade au Louvre, où les géniales natures mortes
de Chardin les arrêtèrent longuement.

La clarté tendre qui caresse les faïences familières, l'argenterie polie par le temps est d'une
puissante poésie.

Tous les modestes bonheurs de vivre sont tra-
duits ; avec le souvenir des vieux parents en allés,
dont on garde pieusement quelque cruchon d'une
mode déjà ancienne.

Puis l'air engageant des mets affirme qu'on leur

fera honneur d'un appétit sans tache, que nulle
mauvaise conscience ne trouble, et que les maîtres
de cette table savent le prix d'une halte au milieu
d'une journée utilement employée — sans qu'une
absurde soif d'ambition leur fasse précipiter en
bousculade le moment du repas et de la réunion
en famille.

Hélène subissait le regard de son mari avec la
sensation qu'elle vivait un de ces moments rares,
de félicité parfaite, lorsque soudain son joli teint
se carmina vivement.

Et tandis que M. Romanel, flatté, s'occupait de
la petite Christine pour laisser à sa femme le temps
de se remettre d'un trouble — causé sans doute
par quelque ardent souvenir commun — celle-ci
cherchait à repousser de sa mémoire le rêve extra-
vagant qu'elle avait fait cette nuit : un étranger —
silhouette aperçue à la soirée de Brodienne — de-
venait son amant.

Et c'était enivrant jusqu'à l'effroi.

VI

BEAUTÉS FLAMANDES

Jean de Sainte-Aulde et son ami Fabien arrivèrent de nuit à Anvers.

— C'est ici — dit Fabien — que je dois avoir ma première révélation.

— Je n'y vois point d'inconvénient, répliqua de Sainte-Aulde, mais que cela ne nous empêche pas de souper à la bière et de déguster, au café, les bons cigares belges qui ont le goût de la violette et la douceur veloutée d'une peau de femme.

Fabien se plia à ce programme et ils puisèrent jusqu'à l'heure du coucher des rêves fort divers dans la fumée onctueuse du tabac, tout en causant indolemment sans plus s'occuper d'*Aïn-Rassoul.*

Le lendemain, tandis qu'ils déjeunent sur une terrasse d'auberge, l'ancienne ville flamande paraît à leurs yeux : grise et verte, — vieilles pierres voilées de jeune feuillage — couronnée de sa cathédrale Renaissance où ils viennent d'admirer la célèbre *Descente de Croix* de Rubens. D'autres compositions de ce maître les avaient longuement retenus au musée, dès l'heure matinale.

Jean, devant les opulentes chairs des femmes : vierges robustes et truandes généreuses de leur beauté, rêve de quelque flamande réelle, échappée de ces décors, dont il ferait bon d'étreindre les formes grasses, roses et dorées comme des gerbées de pivoines.

Et maintenant, tandis que Fabien se plonge, au café, dans ses méditations occultistes, Jean voit s'écouler, sur la place Verte, de vivants Rubens, de blondes commères, porteuses de paniers pleins de provisions, qu'elles soutiennent d'une hanche intrépide, l'anse posée sur un bras nu dont la peau se colore d'un sang de bacchantes saines, prêtes aux rudes travaux de l'amour et de la fécondation.

. . . .

Jean ne se rappelle pas, au juste, au moyen de quel prétexte il a faussé compagnie au rêvassier Fabien.

Le voici dans une chambre aux stores blancs baissés de quelque indulgente hostellerie d'Anvers.

Devant lui, sur un lit d'une structure surannée, parmi des draps aussi éblouissants que la neige — son rêve de beauté plastique : une jeune Flamande est couchée, nue et riante de toutes ses lèvres vermeilles, de toutes ses fossettes creusées dans les chairs grasses et blondes.

Elle rit avec ses yeux bleus, avec ses dents, pareilles à des gouttes de lait, et aussi avec les sorbes roses de ses amples et rondes mamelles.

Soudain, la caresse du mâle, comme un aigle, s'abat sur la facile proie tentante, et Jean étreint, dans la belle prostituée, toutes les nymphes de Rubens lutinées par des faunes, les chastes Suzannes effarouchées au milieu des vieillards-satyres.

Jean se croit devenu faune et satyre lui-même, et se délecte d'une sensualité matérielle magnifiée d'idéal par le souvenir des œuvres de l'art.

— Sais-tu, Monsieur, que tu *ey* épatant — bara-
gouine malencontreusement la petite catin belge
émerveillée. Tu n'*ey* pas comme les autres.

Et Jean, subitement frigorifié, sent tomber son
exaltation, trouve, à présent, aux formes roses et
blondes, servies là, à discrétion, une similitude fâ-
cheuse avec celles des cochons de lait dont il voit,
en même temps, la représentation dans une es-
tampe accrochée au-dessus du lit : une truie avec
sa jeune famille s'ébattant au soleil — gravée
d'après Van Ostade.

Vivement il se rhabille en ronchonnant à part
lui :

— Comme ces chauds et froids de la galante
aventure sont donc déplorables!

Dans son désenchantement il rêve même que
les aisselles moites et rousses de la fille, près de
ses chairs lactées, ont un ragoût de veau aux ca-
rottes. Il file, l'odorat obsédé aussi par ces fauves
dont la ronde coléreuse derrière les barreaux
l'avait apitoyé au Jardin Zoologique.

Revenu à la taverne où l'attend Fabien, il fait
des réflexions mélancoliques sur la pénurie des
ressources d'extase, caresse l'espoir de quelque

étreinte magnifique, sans déception aucune, et l'image d'Hélène, possédée en des rêves récents, revient obséder sa mémoire.

Mais le patron ventru — encore un cabaretier sorti de la Kermesse de Rubens — apporte de nouvelles chopes emplies de bière blonde, fraîche et savoureuse, et Jean, rasséréné, boit sans plus de rancune et tout au plaisir de cette sensation de lumière liquide et glacée

Trois jours après, Fabien et Jean arrivèrent à Amsterdam.

— Voici l'étape indiquée — articula Fabien, augural.

Jean, sans demander d'autres éclaircissements, suivit, docile, son ami par la ville hollandaise où, sous une brume tiède et jaseuse comme une cascatelle, les maisons à damiers blancs et bruns semblaient des maisons de poupée, des bibelots d'étagères.

Les canaux reflétaient cette marqueterie, rayés du passage lent des bateaux peints de couleurs vives.

Une population paisible coulait parallèlement à cette eau, le long des quais pleins de commerces.

4

Parmi les dames citadines, des campagnardes accoutrées de noires robes monastiques, de guimpes et de fichus blancs, avec cette coiffure bizarre et jolie : dentelle drapée sur le frêle casque d'or.

Horreur ! Quelques-unes ont posé, par dessus, un chapeau *genre parisien*.

Après que les deux amis se furent attablés dans une taverne devant deux verres de bière mousseuse et brune, leurs nerfs furent gagnés à l'atmosphère quiète de l'endroit.

Les boiseries sombres semblaient endormies du sommeil agreste des bois originaires, où vaguent les furtives bestioles affairées.

Puis, ces mêmes panneaux vernissés faisaient songer à des intérieurs de navires ; — et pour Sainte-Aulde, la Hollande maritime ressuscitait, la Hollande des expéditions lointaines de Jean de Leyde et des guerres de religion.

L'endroit désigné mystérieusement à Fabien pour ses recherches était Harlem.

Ils résolurent donc de s'y rendre, Sainte-Aulde dissimulant tant bien que mal un sourire railleur.

Confortablement renversés dans une voiture, ils parcourent la campagne plate, aux pâturages

fantastiquement verts broutés par les vaches ta-
chetées comme des coquillages pendant que les
moulins — gracieux fantômes — gesticulent à
l'horizon.

Fabien est descendu dans une rêverie qu'il
interrompt par moment, pour collationner des
paperasses dont ses poches sont bourrées.

Aussi, Jean put goûter dans le recueillement et
le silence le charme de ce ciel, gris comme une
volée de ramiers, chauffé de rayons diffus parmi
les tièdes brumes.

— Et dire que notre voyage pourrait se borner
là — finit par dire Fabien, comme ils approchaient
de Harlem — alors nous serions plus puissants que
tous les potentats réunis... Dieu serait notre égal !

— En attendant, et tandis que tu seras à tes pe-
tites affaires, je ferai une visite au brave Frantz
Hals et à cet honnête Jehan de Bray — répondit
Jean avec un haussement d'épaules.

Effectivement, il pénétra dans les salles du musée où, tout de suite, il eut la sensation d'un souffle
venu d'outre-siècles.

Ils étaient là, réellement présents, les bons
Hollandais de la Renaissance.

Les corporations groupées autour du porte-ban-
nière, les bourgmestres, les notables en leurs vêtements noirs, douillets, la fraise tuyautée haut
montante.

Certains, la trogne vermillonnée, se rappellent
encore joyeusement les chopes mousseuses...

Celui-ci a voulu immortaliser avec lui sa fidèle
pipe de terre où il a puisé tant de rêves paresseux.

De Jehan de Bray : des religieuses comptant le
linge accumulé en piles sur les tables.

Du bon linge, un peu bis, sentant évidemment
la saine lessive campagnarde...

Ah ! quel repos pour les corps harassés des
pauvres parmi ces draps miséricordieux que leur
distribueront les frêles mains de femmes que
voici.

Elles sont, ces nonnes, non point des anges, mais
de braves femmes, affinées par le cloître où
se sont pâlies leurs joues de paysannes — heu-
reuses de la paix durable trouvée en ce port mystique et pitoyable aux naufragés.

Des portraits de tranquilles bourgeois ou
d'honnestes dames, immobilisés là, pour jamais

— par la toute-puissance d'une volonté d'artiste.

Jean eut conscience de la vie perpétuée par l'intensité d'une minute émotionnelle, par la magie créatrice de la pensée.

Et il désira cette puissance au point de songer à son ami Fabien avec respect et avec foi.

Si c'était vrai, pourtant, ce fol espoir d'un talisman qui donnerait le pouvoir de rendre tangible son rêve le plus audacieux par le seul fait de l'avoir formé!

Rentré à l'hôtel avec Fabien, Jean se coucha de suite, harassé de fatigue ; mais, sitôt dans le lit, le désir du sommeil l'abandonna.

Néanmoins, il demeurait engourdi dans une torpeur agréable.

Toutes les impressions de la journée repassaient en lui ou, plutôt, devant lui.

Un portrait de grande dame du temps de Louis XIII, au buste long, à la collerette dentelée, entra, sur un léger fredon de *pavane*, dans la chambre de Jean qui y reconnut facilement Hélène Romanel.

Il n'en fut pas le moins du monde étonné.

4*

Elle venait lui rappeler qu'ils étaient du petit souper du Roy, mais il n'eut point de peine à obtenir qu'elle manquât l'invitation — et ils restèrent jusqu'au jour à mêler d'ardents baisers aux virelais galants.

VII

CHEZ LA COUTURIÈRE

Mme Caroline Prin, couturière, était à ce moment de sa carrière, glorieux et infernal, où il faut satisfaire deux ou trois douzaines de dames à la fois. La vogue était venue, rapide, un peu sans raison.

La bavarde Luce Fauvet, dans les couloirs de son théâtre, en parlait avec des gestes exubérants, tournant comme un mannequin mû par une manivelle, pour faire valoir la coupe et comme la robe tombait bien.

Elle y entraîna plusieurs de ses camarades qui firent, à leur tour, de la propagande par vanité.

Cela devint chic d'aller chez Caroline Prin.

Les vraies mondaines suivirent.

C'est ainsi qu'un jour, dans le salon d'attente de la faiseuse renommée, les yeux de Mme Romanel furent aimantés par une gaie silhouette blonde en coquet costume beige et blanc en train de feuilleter des images de mode.

— Où ai-je vu cette jeune femme? se demande Hélène, d'autant plus intriguée que celle-ci l'observe de son côté avec une effronterie amicale et souriante qui ne tarde pas à se formuler en paroles.

— Mme Prin se met sur le pied de nous laisser trop poser; il faudra bientôt aller faire la fortune d'une autre couturière.

— Où vous ai-je donc rencontrée, Mademoiselle? — ne peut s'empêcher de dire Mme Romanel.

— Je ne sais pas trop, mais moi aussi, je vous reconnais; peut-être chez les Vailly, ou à quelque première... à moins que cela ne soit à la soirée des Brodienne.

A ce nom, le visage d'Hélène se farde d'un carmin intense, car elle reconnaît Luce Fauvet; près d'elle se dresse, l'apparition de l'inconnu qui la hante depuis, de singulière et despotique façon — et qu'elle avait vu ce soir-là.

Les deux dames se nommèrent et on babilla.

Pour Hélène, Luce détient le talisman précieux qui la délivrerait de sa hantise : elle avait vu Mlle Fauvet causer avec son inconnu, elles pourront donc en parler et, sous la lumière de quelque banal renseignement, le prestigieux mystère se dissiperait.

Elles sont maintenant toutes les deux penchées sur les gravures qu'elles discutent avec animation.

— Voilà un collet que je n'aime pas.

— Moi non plus, ça va pourtant être la grande mode — prophétise Luce Fauvet.

— Oh ! non, ça ne prendra pas.

— Ce serait tant mieux, mais si ça prend, j'en porterai.

— Vous êtes si esclave de la mode ?

— Ce n'est pas à cause de la mode elle-même, mais parce que, une fois adoptée, une nouvelle façon se met à me plaire réellement.

C'est bizarre, nous autres les femmes, n'est-ce pas ?

A ce moment la porte du salon s'ouvre majestueusement ; c'est le tour de Mlle Luce de passer dans le sanctuaire pour l'essayage.

Elle invite Mme Romanel à entrer avec elle.

— Ça ne me gêne pas de vous montrer mes charmes, rit-elle.

Et, en effet, c'est avec une parfaite aisance qu'elle se met en corset et en jupon, lève le bras, montrant la touffe soyeuse de l'aisselle, tandis que Mme Prin reprend avec des épingles l'emmanchure, puis, vivement agenouillée, comme en une posture d'adoration, ajuste la robe sur les hanches.

— A présent, je suis à vous, dit-elle à Mme Romanel.

Et Hélène se déshabille, un peu plus timorée, devant Mlle Fauvet.

Mais celle-ci :

— Eh ! quoi, je vous intimide ? Il n'y a pas de quoi, entre femmes. Mazette, en avez-vous une jolie peau et des formes... Vous auriez eu beaucoup de succès au théâtre ; vous n'y avez jamais songé ?

— Non, jamais, sourit Mme Romanel. — Ne faut-il pas avoir du talent pour le théâtre ?

— Ah ! ouitche ! Dans les théâtres d'opérettes, si on vient pour auditionner avec sa voix, le direc-

teur se contente d'examiner vos jambes et votre
décolletage.

Hélène est très divertie par ce jacassage d'oiseau
un peu impudent, un peu écervelé.

En se quittant, elles échangent des cartes.

On se reverra.

VIII

LES SATYRES

Six heures du soir.

Luce Fauvet est attablée devant un quinquina au cabaret du *Chat Noir*.

Pierre Grandet va venir la prendre pour aller dîner.

C'est la dernière année de l'illustre cabaret.

Salis, enrichi et vanné, est guetté par la mort narquoise, qui trouve amusant de faire naufrager à la rive les ambitieux et les insatiables.

Parti d'un pied bohème sous les heureux auspices d'un groupe d'artistes de talent, le cabaret chantant et déclamant vit le succès fidèle à sa fortune pendant douze ans ininterrompus.

A présent, c'est la gloire pontifiante et parvenue.

Les chefs de file, les créateurs, les initiateurs, sont, à l'heure actuelle, les uns, morts misérablement, d'autres, dévêtus de leur talent même par la chance contraire.

Mais il s'est levé une armée de petits *strugleurs* malins qui tiennent l'emploi des Mac Nab, des Goudeau, des Jules Jouy — et le public paie plus cher que jamais.

A cette heure d'apéritif, le cabaret est à peu près désert et semble abruti.

Une lumière coagulée se fraye un passage au travers le vitrail de Villette, un chef-d'œuvre de sombre fantaisie, *l'Adoration du Veau d'or.*

La plus diabolique gnomerie du moyen-âge y fraternise avec une modernité névrosée.

De corrects gentlemen en habits inclinent une tête de mort devant son Epaisse Majesté.

Des nouveau-nés, à formes rudimentaires encore suggestives du fœtus, sont tendus par de lâches mains de mégères vers cet autre Moloch, plus terrible.

Un orchestre, dirigé par un squelette, mène un tintamarre strident, où, sans doute, les cris de victoire sauvage, se mêlent aux râles et aux gémissements.

Mais Luce Fauvet connaît par cœur ce vitrail, et le beau tableau de Steinlen — où des chats rendus étiques par les excès, miaulent, groupés sur les toits de Paris, une sérénade à la Lune.

Aussi, d'attendre Pierre Grandet excède Mlle Luce qui s'ennuie, et de ce pire ennui, sans cause.

Dans son esprit se donnent rendez-vous les plus superflues des récriminations contre les choses, les plus inutiles regrets, une revue d'anciens épisodes qu'elle essaie de galvaniser avec peu de bonne foi.

Les mœurs Don-Juanesques de *son* Pierre qui la laissent d'habitude indifférente et voire même un peu fière — la froissent en ce moment et l'humilient.

Une diversion à cet ennui.

C'est une demi-douzaine de jeunes gens qui entrent dans la salle, conduits par un bizarre berger cinquantenaire, à face de satyre, qui les précède en claudiquant.

Et tandis qu'ils s'installent à une table voisine, où le garçon vient prendre la commande : des absinthes et un rhum à l'eau pour le Maître qui

prononce facétieusement *rhum et eau*, Luce reconnaît le poète Mytilène, fameux par un immense
talent, original et corrompu et par ses mœurs de
Romain du temps de Pétrone, revenu dans notre
époque, n'éprouvant nul besoin de faire un mystère à ses contemporains de son goût pour les
jeunes gens, de sa prédilection pour les *mignonnes*
en moustaches.

Luce reluque du côté de ces *mignonnes*, et leur
trouve un air fripouille et patibulaire.

Ce n'est évidemment pas la fleur des pois de la
jeunesse française.

Tout près du Maître, *la favorite, la sultane validé*
est un garçon très brun, trapu et crépu, aux traits
de nègre blanc, l'air lascar et réjoui — c'est le
jeune Giton qui, déjà, grâce à son assiduité près du
célèbre Mytilène, a pris une place militante et lu-
crative dans les journaux et les revues en portrai-
tifiant le maître, tantôt saoul, effondré sur une
table de café, tantôt étendu dans le lit d'hôpital où
il prend ses hivernages, lorsque le maigre subside
de l'éditeur est épuisé, et aussi en le chansonnant
dans les clubs de jeunes.

Luce regarde le masque curieux du poète, masque de Silène au front cornu de sourcils en fuite vers les tempes, au nez camus renifleur de paillarde friandise. Une barbe de bouc, broussailleuse, ternie par les flots du vin antique, devenu, de nos jours, l'alcool assassin. Mais les yeux, retroussés comme ceux de Socrate, sont reluisants de malice et de rêve ; les regards sont d'un dieu ivre.

Luce Fauvet, qui a attrapé quelque peu d'érudition dans les ateliers de peintres, songe que, sans doute, en ce corps dégradé par l'errante aventure de la vie moderne, trop contraire, habite une âme de demi-dieu sylvain qui, au temps de Phidias, poursuivait les éphèbes dans les bois de citronniers.

— J'imagine que ces éphèbes étaient plus beaux que M. Giton — ajoute-t-elle en riant à part soi — et d'une grâce plus féminine.

Et par un détour d'imagination perverse, elle évoque quelque scène d'intimité entre le vieux poète et le noir chérubin pileux, la promiscuité de leurs peaux velues, le timbre de leurs voix mâles bégayant des paroles d'amour.

L'attention de Luce est détournée en ce moment par l'arrivée d'un nouveau client.

Sous la haute cheminée aux chenets datant, pour le moins, du règne de Louis le onzième, un homme très jeune s'est venu attabler devant un vermouth.

Luce le regarde sans le voir et sans trop se douter qu'elle le regarde.

Mais lui, à présent, la fixe d'un œil noir italien, conscient, celui-là, et pesant de volonté, si bien que Luce, comme réveillée en sursaut, rougit, telle une vierge.

Le cadre où se détache la silhouette du jouvencel fait songer Luce — qui est lettrée — aux lesteries exquises des contes drolatiques où des châtelaines en hénin se tiennent dans des stalles gothiques avec, près d'elles, agenouillés, des pages qui ressemblent si bien à des anges que les aimer est à peine péché véniel.

En ce moment, Pierre Grandet entre avec sa belle allure ronde et bon enfant.

Luce éprouve un plaisir aigu à supposer une déception causée au jeune homme brun, mais par un absurde revirement, elle lui coule, en adieu, un long regard plein de passion.

DILETTANTISME D'AMOUR

Hélène Romanel ne s'amuse guère non plus.

Six années de mariage avaient été pour elle une époque de tranquille bonheur, surtout depuis la naissance de Christine — bonheur à peine importuné un peu par la flambée d'amour orageux que ces mêmes six années avaient contenu pour Jacques Romanel.

A l'heure présente, dans le mari, dans l'homme comblé de contentements passionnels, un apaisement montait, une ambition de se dépenser autrement, de mirer son rêve en des pages créées, un instinct de survie par l'art, un besoin de se laisser en des œuvres avant l'anéantissement final.

Et la littérature, la passion de sa chaste jeunesse, le reprit entièrement. .

Hélène, de son côté, qui va avoir trente ans, sent dans sa chair des éveils plus impérieux, et l'étrange obsession de l'inconnu rencontré à la soirée des Brodienne agit en elle sans trêve.

Souvent, après avoir éloigné sa fi...tte, elle s'abandonne à d'ardentes rêveries ; sans objet précis, prise dans une atmosphère de flamme.

Elle sort de ces crises avec des révoltes et des étonnements encolérés contre elle-même.

Le sommeil, à présent, lui inspire une fascinante épouvante, car ce n'est point rare qu'il la livre à l'Inconnu, désarmée, consentante, enivrée de lui.

Par Luce Fauvet, qu'elle ne put s'empêcher de rechercher et de revoir, en secret, elle apprit *son* nom.

Et dans ces heures de langueur, ce nom sonne à ses oreilles comme une musique ensorcelante.

Elle l'écrit, aussi, et ce nom lui semble comme quelque hiéroglyphe signifiant : enchantement d'amour, ivresse des sens, paradis extatique.

Alors, elle déchire sauvagement la page, insurgée, avec des larmes de honte.

Près de son enfant, elle retrouve un peu de la fraîcheur d'autrefois.

Les prunelles limpides de la petite Christine sont comme deux sources vives où la pensée enfiévrée d'Hélène plonge pour en sortir purifiée et pardonnée.

Parfois la fillette lui paraît quelque chose de trop saint, de trop céleste pour qu'elle ait le droit d'y toucher, fût-ce du regard. Elle fuit alors, et s'enferme pour pleurer nerveusement.

Elle cherchait à cette époque, plus que jamais, le tourbillon des futilités mondaines.

Commodément assise dans un excellent fauteuil de la Bodinière, Hélène Romanel écoute la fin d'une conférence de M. X.

De quoi s'agit-il au juste? C'est là la moindre question; mais les paroles s'écoulent aisées, sans hâte, comme une nombreuse assistance bien élevée.

Jusqu'à une petite pointe d'ennui onctueux qui ne dépare pas le plaisir d'entendre cette voix en vogue, tandis que la discrète pesée des lorgnettes presse les genoux des écouteuses.

Après une roublarde péroraison agrafée comme
une boucle à la fin de la conférence, Mlle Luce
Fauvet apparaît en costume de nos grand'mères,
— contemporaines de M. de Balzac et de
Mme George Sand — manches à gigot et jupe
cloche avec le petit fichu de la grisette.

Elle chante une romance de Loïsa Puget :

Bien malin qui m'attrapora a-a

A, a, a.

.Et toute une atmosphère vieillotte se répand
dans la salle.

Des réminiscences flottent.

Hélène évoque une grand'maman qui habitait
en solitaire, un peu maniaque, un château voisin de la maison maternelle, mais venait en
visites cérémonieuses, aux grandes dates du ca-
lendrier.

Elle était vêtue ainsi, et fleurait une odeur de
benjoin et de camphre.

Dans son *réticule*, il y avait toujours quelque ca-
deau pour la petite ; mais son langage était invariablement tourné au dénigrement des temps nou-

veaux, à la critique des moindres détails de
toilette ou de coiffure de l'enfant.

De sorte que son souvenir reste en la mémoire
d'Hélène comme celui d'un bonbon amer et sucré à
la fois.

L'audition étant finie, Hélène se dirige vers la
coulisse pour féliciter Mlle Fauvet dans sa loge,
qu'elle trouve exactement bondée de dames, fon-
dues en compliments et en embrassades.

Luce, au milieu de toute cette effervescence,
n'en paraît pas gênée, importunée seulement un
peu, car elle entend sous la porte, près de l'escalier,
de minute en minute, tousser l'impatience du petit
Italien rencontré l'autre jour au *Chat Noir* et revu
amplement dans la suite.

A présent, en ayant fini avec ses admiratrices,
Luce Fauvet roule dans le fiacre avec, à ses côtés,
le jeune vainqueur dont l'air fanfaron commence
à l'agacer.

— C'est curieux qu'ils ne puissent pas avoir un
peu plus de tenue et nous éviter ces airs-là.

Pourtant, elle lui est reconnaissante de ce qu'il
possède la recette pour prolonger, parmi ses nerfs

de femme instable, cet émoi, ce frémissement de délicate gourmandise sensuelle qu'elle sait si favorable à sa beauté.

Autre douche : c'est, en arrivant dans la chambre du jeune homme, un aspect de désordre sans coquetterie.

Combien elle serait agréablement flattée d'y trouver trace de quelques menus soins à son intention, pas la première fois, bien entendu, c'eût été insolent, mais elle est loin la première fois.

En attendant, le contact des draps frais et de la peau brûlante du jouvencel l'emportent dans une berceuse extase, qui se borne à un ravissement physique, mais si complet que, en vérité, à quoi bon vouloir mieux ?

Pendant les accalmies elle trouve un plaisir pervers à évoquer la présence en cette chambre de Pierre Grandet.

— Ah ! ah ! — rit-elle — en ferait-il une tête !

Roméo se croit obligé à faire un peu de poésie.

Il qualifie en termes classiques les beautés dévoilées de Luce qu'il invite à partager son admiration.

Mais Luce :

— Assez de bêtises, occupons-nous de choses
sérieuses.

Et, avec un dilettantisme à froid, rassasiée pour
sa part, elle joue à exaspérer l'érotisme du jeune
mâle, à le conduire, à force d'ivresse, presque
jusqu'aux portes du trépas.

X

L'AMOUR ERRANT

Fabien, ce jour-là, entra dans la chambre de son ami Jean.

— Euréka ! dit-il avec simplicité.

— Je vois que tu es dans un de tes mauvais jours — rit Jean. — Quand tu te mets à parler grec, c'est grave.

— Tu me prends pour un fou, pauvre ami, combien tu regretteras ces sarcasmes, plus tard, quand l'heure sera venue de m'entourer d'une vénération telle qu'elle en sera encombrante.

— Bah !

— Je suis parfaitement sur la piste *d'Aïn-Rassoul*.

— Bah ! Bah !

— Mon instinct d'attirance vers le Nord ne m'a point trompé.

— C'est vrai, on est très bien dans ces contrées. La bière est excellente, j'ai vu des chefs-d'œuvre dans les musées...

— Mais c'est vers la Russie qu'il nous faut diriger notre route.

— Comme tu voudras, mon ami. Au lieu de bière je boirai du kwas ou de l'eau-de-vie de grains; ce n'est peut-être pas plus mauvais qu'autre chose.

Sur ce, les deux voyageurs allumèrent des cigares et causèrent amicalement et agréablement jusqu'au dîner.

Fabien, lorsque cela n'était point indispensable, ne parlait pas d'*Aïn-Rassoul*, alors sa conversation était extrêmement intéressante, colorée vivement, pleine de vues subtiles, et par la seule candeur généreuse de son âme il résolvait, en passant, les problèmes les plus inextricables.

Il vient encore de tracer un programme fort simple de Bonheur universel.

— Tout cela est juste, répond Jean de Sainte-Aulde, il n'y a qu'un seul inconvénient.

— Quel inconvénient? rêvasse tout haut Fabien, déjà replongé dans *l'Aïn-Rassoul* et n'écoutant point la réponse que lui fait de Sainte-Aulde.

— L'inconvénient et l'obstacle à tout programme de bonheur universel est la nature humaine même. La nature humaine hérissée de défiance — justifiée d'ailleurs par ses instincts égoïstes et rapaces — sa haine du bonheur d'autrui, son aveugle et féroce vanité.

Fabien se réveilla à moitié pour rétorquer :

— La pénurie même des ressources de bonheur crée cet état de choses et rend l'humanité pareille à une poignée de naufragés sur un radeau sans vivres. Le talisman qui mettra entre les mains de tout homme la certitude de réaliser ses souhaits rendra l'humanité bonne, simple et fraternelle — la sécurité aussi d'une vie, sans limite fatale, fera éclore de grandes œuvres.

— Bon toqué — rit Jean — est-ce pour aujourd'hui ou pour demain cette organisation idéale ?

— Moque-toi, mon bonhomme. Ma foi serait bien misérable, si la raillerie pouvait y atteindre.

Cependant l'heure du train approchait et les amis s'acheminèrent vers la gare.

Au bout de quelques quarts d'heure ils filaient sur la ligne du Nord.

Dans les vitres du wagon les plaines de Hollande s'encadraient brumeuses et vertes, aux villages coloriés avec franchise sous la lumière d'un ciel gris d'argent.

Des moulins gesticulaient à l'horizon que le soir teintait de mauve aquarelle.

L'automne, à sa fin, chargeait l'air d'aromes puissants et frais.

A la portière, Jean oubliait son compagnon pour se complaire en cet état d'inertie béate que donnent la vaste campagne et le vertigineux mouvement de la vapeur qui vous emporte.

Après un moment, grisé d'air, il se rassit et tomba dans une somnolente rêverie.

Ah! pensait-il, si ce bon Fabien n'était pas un *maboul*, et que son talisman existât réellement, le vœu que j'exprimerais, ce serait qu'il me fût donné de goûter les ivresses amoureuses, sans lassitude, sans la sensation de redites, dans des décors variés à l'infini et sans la fatigue de changer d'objet; sans les laides mélancolies des ruptures, sans les hypocrisies des préambules.

Et pourtant, il faudrait que l'aimée fût l'âme même de ces décors, imprégnée de leur caractère — qu'elle fût belle ou terrible comme eux, joyeuse ou triste — les symbolisant — une et diverse.

Ainsi, j'aurais l'orgueilleux bonheur d'étreindre l'univers.

Sur ce, il s'endormit complètement.

Il se réveilla à la nuit venue, ayant faim.

Fabien s'était muni d'un en-cas enveloppé dans un journal et ils soupèrent sous la lumière falote de la lampe.

Jean prit grand plaisir à ce menu festin.

Le poulet froid, un peu aromatisé à l'encre d'imprimerie à cause du journal qui l'enveloppait, lui parut avoir un goût d'aventure, le vin, versé dans la timbale d'étain, fleurait les toasts héroïques dans les camps, les libations légendaires.

Après quelques réflexions mollement échangées, comme cela arrive entre amis trop d'accord sur la plupart des questions, Fabien et Jean tombent dans la contemplation de la belle nuit lunaire qui prolonge le jour par les campagnes endormies.

Sur le ciel délicat, les arbres se dessinent avec une mesure raffinée de netteté et de vaporeux.

Dans les plaines et sur les collines, les clochers et les hameaux sont de Paros immaculé, les troncs d'arbres, d'argent poli, et les terres labourées ont des teintes d'ivoire.

Puis des vallées, comblées de lumière, semblent d'immenses vasques emplies de lait.

De nouveau, des cités de marbre surgissent, qui ne sont autres que d'humbles villages magnifiés par l'astre prestigieux.

Le train en marche rythme une chanson dont Jean de Sainte-Aulde se souvint.

Ce fut à la dernière soirée, avant son départ, qu'il l'avait entendue roucouler par Mlle Luce.

> Nous étions trois demoiselles
> D'âge à nous marier.

Il finit par s'assoupir.

Au bout de peu d'instants, il se penchait vers un gracieux visage en face de lui, qui, jusqu'alors dérobé sous la voilette, apparut dégagé de sa brume en tulle de Chantilly et se livra avec un mutin éclat de rire aux baisers joyeux de Jean qui reconnaissait enfin Hélène Romanel.

— Voilà une charmante surprise, chérie. Es-tu bien, au moins ? Donne tes mains qui ont froid.

Et il emprisonnait dans les siennes les deux petites mains souples et fines.

Et une douceur lente lui coulait dans l'âme de ce contact désiré, une douceur désaltérante et affolante.

Puis ils se parlèrent tout bas, sans hâte, avec la sécurité des amants anciens, s'attentionnant à ne point réveiller Fabien endormi.

Mais à un mouvement du buste que fit Hélène en se tournant vers la campagne lactée, dont la fuite illuminait la vitre, le désir refoulé par l'attendrissement s'éveilla et leur sauta à la gorge comme un jaguar.

Et ce fut un supplice délicieux.

Les petites mains devinrent ennemies, enfonçant leurs ongles dans les paumes du mâle qui haïssait la présence de son ami, dans le compartiment, serrait aussi à les briser les frêles phalanges confiées à sa caresse.

Elle portait une jaquette gris-ardoise qui s'ouvrait sur un blouson de soie, mais pâle, dont les froncis multipliés mettaient quelque chose d'enfantin et de touchant sous les revers un peu garçonniers à la Largillière.

Aussi le cœur de Jean se sentait-il fondre de respect et de crainte devant toute cette fragilité.

Des boucles d'oreilles en turquoise lui tirèrent presque des larmes.

Des paroles, quasi-fraternelles, s'échangeaient entre eux, riches de signifiance cachée, écho suave de longues intimités voluptueuses.

Soudain, une même pensée les fait s'élancer par la vitre, sans effort.

Et les voici planant comme de libres oiseaux dans l'espace illimité, se possédant au sein des solitaires étendues.

Le train s'était arrêté et Jean se réveilla.

— Nous sommes à Cologne — lui dit son ami Fabien.

— Cologne? C'est possible. Cela m'est bien égal.

— Qu'est-ce que tu as donc? Tu parais bouleversé.

— Ce que j'ai? J'ai ceci : qu'il faudra te dépêcher de trouver ton affaire cabalistique, car je ne tarderai pas à te fausser compagnie. Une femme m'attend.

— Où donc ?

— A Paris. Une femme que j'ai vue une seule fois, à qui je n'ai jamais parlé.

— Ce n'est pas sérieux ?

— Très sérieux. Nous nous adorons.

XI

INFIDÈLE ET JALOUSE

Mlle Luce Fauvet, dans sa loge, s'habille pour la première de *Cartonnons*.

Tandis qu'elle passe, très posément, le bâton de rouge sur ses lèvres menues, un orage gronde sous ses cheveux dorés, roulés en ce moment sur des épingles pour être pincés au fer.

Mlle Annette Laïs vient de lui faire un bout de visite dans sa loge et, avant de sortir, en une bourrasque de dessous en taffetas, elle lui a laissé ce tuyau à méditer.

— A propos, on a encore vu ton Pierre Grandet chez Maxim avec cette gamine qui a l'air d'un vendeur de *La Presse*. Mais ça t'est égal, maintenant, puisque tu es folle de ton petit Italien.

— Pour sûr, a répondu Luce en rageant.

Je vous demande un peu si, d'être infidèle à un amant, ça vous empêche d'en être jalouse.

Elle l'est même extraordinairement jalouse de son Pierre et souffre à cette minute tout le calvaire des amoureuses trahies, se considère comme indignement traitée.

— Moi, qui étais si jolie, l'autre soir, avec ma grande chemise empire ! J'ai toujours pensé que c'était un homme sans cœur. D'ailleurs, rien qu'à le voir tromper sa femme avec moi, j'aurais dû me méfier.

A ce moment, le petit Italien pénètre dans la loge avec le sans-façon du préféré.

— O toi ! exclame Mlle Luce, fiche-moi la paix, j'ai assez d'ennuis comme ça.

Et, cependant que, pas du tout décontenancé, il pose son haut de forme sur le lavabo, Luce le regarde avec haine et le trouve ridicule.

— En scène pour le *un*, crie le régisseur.

Et Luce, qui est du *un*, se précipite dans l'escalier conduisant à la scène, souriante et prête pour son rôle gai de *Cartonnons*.

XII

JE CROYAIS ÊTRE EN PARADIS

Entre deux tournées, le bon de Vivray s'offre la halte d'une soirée passée avec les Romanel.

On fait d'abord au musicien ami les honneurs de la fillette.

Non point d'une fillette-phénomène — comme c'est trop souvent le regrettable usage — d'une fillette hissée sur la table pour faire la diseuse et la chanteuse : grognon, embêtée et prétentieuse — mais d'une Cricri sauvageonne qui consent pourtant à exhiber les objets de son affection : poupée mal peignée, aux joues exubérantes, mouton à la laine râpée de caresses.

Encore cela ne va-t-il pas tout seul pour com-
mencer.

Car Mᵐᵉ Crieri a son petit *home* particulier, une
sorte de tanière de prédilection adoptée entre le
buffet et la muraille du fond, une belle encoignure
qui lui appartient en propre, séparée du restant
du monde et du restant de la chambre par deux
chaises, sièges et dossiers cannés.

Cela lui permet d'être en observation comme
derrière un *moucharabieh* et jouir en même temps
d'une retraite partagée par la seule poupée et le
mouton.

Et de Vivray plaide l'inviolabilité de la caverne
choisie par la petite ermite, et que l'on ne la dé-
range point.

— C'est, voyez-vous, déjà, dans le cœur de l'enfant l'instinct admirable de l'intimité — du *private*
comme disent joliment les Anglais — c'est ainsi
que commence l'amour du coin de terre que l'on
protégera au prix de son sang.

— Hélas, mon cher ami, dit Jacques Romanel,
combien les pervers humains ont su dénaturer cet
instinct sacré, en faire un prétexte impie aux massacres, au fratricide, aux maux sans fin.

6

— Ah ! oui, intervient Hélène, la guerre ! L'effroyable et grimaçante chose !

Lorsque de Vivray s'est assis au piano, Cricri sort de son trou comme une petite araignée mélomane et s'arrête auprès du musicien, son mouton entre les bras.

Et, tandis que sous les doigts frêles de de Vivray chantent les rapsodies de rondes populaires que le compositeur fredonne aussi d'une voix falote :

> Il était trois petits enfants
> Qui s'en allaient glaner aux champs.

la fillette écoute, ses yeux lumineux grands ouverts sur des visions dramatiques aux héros pas plus grands qu'elle-même.

Sa bouche espiègle est devenue sérieuse, la soie lisse de son front rendue plus mate par une contraction attentive.

> Petits enfants qui dormez là,
> Je suis le grand saint Nicolas.

Cricri revoit le miracle connu : les trois petits

enfants tués par le boucher cruel ressuscitant aussitôt que le grand saint eut étendu trois doigts au-dessus d'eux.

Le premier dit : J'ai bien dormi.
Le second dit : Et moi aussi.
Et le troisième répondit
Je croyais être en Paradis.

Alors, la gentille écouteuse, d'un élan spontané, donne son précieux mouton au bon de Vivray; immolation à l'antique, offrande pieuse qu'elle fait de tout son petit cœur ému, avec cependant un obscur espoir que le Monsieur aux jolies chansons le lui laissera en s'en allant.

A présent, autour de la table à thé, c'est le doux ronronnage des amis qui se comprennent à demi-mots.

— Quel est, cher grand artiste, votre avis sur l'évolution de la musique moderne? interroge Jacques Romanel, tandis qu'Hélène présente le sucrier à de Vivray qui répond :

— Mon avis est que toute formule est bonne entre les mains d'un artiste de valeur. Rien ne s'oppose à ce que les élargissements de cadre, modernes, donnent des résultats heureux, comme l'ont fait les rigueurs anciennes.

— Vous voulez dire que les formules, en elles-mêmes, importent peu.

— Oui, et que les règles d'un art ne sont qu'un assemblage de révélations isolées, de cas, et d'initiatives trouvées par les créateurs, spontanément ; et ensuite classées par les pédagogues qui d'ailleurs ne manquent pas de calligraphier à la dernière page des traités : Génie, tu n'iras pas plus loin.

— Mais le Génie passe outre, Dieu merci.

— Il n'en faudrait point conclure que la science soit inutile à qui veut créer et qu'il faille fonder le moindre espoir d'originalité sur une ignardise dédaigneuse.

— C'est évident.

— Bien loin de là. L'artiste a le devoir d'être savant ; familiarisé avec tout l'acquit de son art et l'œuvre des Maîtres qui l'ont précédé.

— Naturellement. Ainsi toute liberté est osée sciemment. Laissez-moi, à ce propos, cher ami, prendre celle de vous offrir encore de ce plum-cake.

Hélène avait commencé par s'intéresser vivement à la conversation.

Mais, soudain, elle fut accablée par une langueur.

Des impressions de contacts voluptueux, d'une
douceur exaltante lui coururent le long des bras,
caressèrent son dos.

La vision de Jean s'imposa, la posséda despotiquement.

Mme Romanel en demeura prostrée, confuse, révoltée et ravie : et ne s'éveilla à la réalité des
chôses qu'au moment où de Vivray lui baisait la
main pour l'adieu.

Cricri, oubliée, s'était endormie le coude sur la
table, sa mignonne tête tombée dans l'ar; ondi du
petit bras nu.

XIII

AU BAIN

Comme Napoléon Ier, Mlle Luce Fauvet demande au bain ses vertus édulcorantes en toutes circonstances orageuses de sa carrière, qui en est précisément remplie.

Une émotion heureuse, une colère à détendre, une délibération à tenir sur quelque éventualité nouvelle, friande remembrance à savourer, obsession mauvaise à secouer, tout cela se plonge dans l'eau parfumée de la baignoire avec le joli corps de la baigneuse.

Luce présume qu'elle noie de cette façon les malicieux lutins hostiles à sa petite quiétude égoïste.

C'est ainsi qu'après la révélation de la nouvelle infidélité de son amant, rentrée du théâtre, Mlle Luce réveille sa bonne et se fait chauffer un bain.

A présent, mollement étendue dans le zinc émaillé — qui contrefait les mosaïques des Thermes romains — Luce est toute au bien-être de cette caresse liquide dont elle jouit et dont elle joue en haussant et en baissant le niveau d'eau sur son buste, d'un paresseux mouvement de reins.

La surface humide, alors, grimpe sur la peau de sa gorge, lèche ses seins, baise ses aisselles, court sur son cou comme avec de chatouillantes pattes vivantes.

Par longs moments, Luce s'immobilise douillettement, le regard suivant ses cuisses et ses jambes au fond de l'eau qui les nuance d'un ton de jade.

Elle se plaît alors à s'évoquer personnifiant une source folâtre ou quelque nymphe bocagère.

Puis soudain, arc-boutée des pieds et des épaules aux deux bouts de la baignoire, elle surgit en chaste marbre du Moyen Age, couché sur un tombeau.

Lorsqu'elle replonge, l'eau s'insinue comme em-

pressée et câline en ses intimités de femme, donne
réellement la sensation d'un contact lascif.

Cette eau cajoleuse, ramène du fond de la mémoire à fleur de nerfs, les fantômes des voluptés
vécues, sollicite aux voluptés futures.

Incidemment, il passe dans l'esprit de Luce la
réflexion que la caresse masculine ne peut rivali-
ser avec cette douceur.

Des minois de camarades lui trottent par la cervelle : Suzanne, la petite soubrette de son théâtre
— avec ses yeux verts de chatte normande, — et
cette petite peste de Laïs qui vient de lui faire visite dans sa loge.

— En a-t-elle une bouche sensuelle, mouillée et
comme mordue de baisers !

Dans un besoin d'équité, cependant, Luce reconnaît que ce quelque peu de rudesse et de violence,
qui caractérise un attouchement de mâle, a son
prix et son âpre charme.

La rancune d'amoureuse de Mlle Fauvet est guérie.

— Je suis belle, murmure-t-elle, Pierre peut
aller au diable si cela lui convient ; ce petit corps
que voilà ne manquera pas d'amoureux.

— Ah! mais non, alors, articule-t-elle à voix
haute, sortie du bain en tenant entr'ouvert son
peignoir pour contempler encore complaisamment
les tétins alertes et doux comme deux jeunes ramiers, le ventre mutin, dont le nombril est une
œillade, les cuisses et les jambes d'un coloris
éblouissant, jusqu'à l'éclair rose et poli des ongles,
qui parent les orteils et semblent deux fins colliers
d'agathe, tombés sur le tapis.

Luce Fauvet, en cette attitude, les deux mains
écartant le peignoir, a l'air d'un bel oiseau héral-
dique aux ailes ouvertes.

DEUXIÈME PARTIE

L'ÉTREINTE

I

L'HEURE DIVINE

— Que me dites-vous là, madame Prin ?

C'est Hélène Romanel, en corset et en jupon qui, tout en se livrant aux essayeuses, écoute le bavardage de la couturière.

— Mais oui, c'est un scandale connu de tout le monde, et je ne commets aucune indiscrétion. L'autre nuit, M. Grandet entre tranquillement avec sa clef chez Mlle Luce et la trouve avec un amoureux, un petit Russe, je crois, ou Italien. Mlle Luce dit que c'est parce qu'il la trompait mieux que jamais à ce moment que ça l'avait rendu défiant envers elle. Quoi qu'il en soit, voilà M. Grandet qui jette le petit Russe — ou Italien, je ne sais

plus — dans l'escalier et flanque une véritable
pile à Mlle Fauvet.

— C'est indigne.

— Elle est dans une joie, Mlle Fauvet, elle est
fière de ses bleus, elle est de nouveau très éprise
de son grand homme ; cette fois, ils ne se quitte-
ront jamais.

Mais déjà Hélène n'écoute plus, envahie par la rêverie ardente qui l'assaille souvent depuis quelques
mois.

Une évolution bizarre s'est faite dans son
esprit.

Jacques lui représente un degré de parenté spéciale, *le mari*, aux yeux de qui il serait malséant
de laisser paraître l'éveil fulgurant de ses sens de
femme.

Cet appel intense, involontaire, s'élance hors
d'elle, au loin, on ne sait où, la remplit de confu-
sion.

Mme Romanel chemine avec précaution sur l'asphalte humide, relevant le bas de sa robe.

— Hélène — murmure une voix à son oreille —
et cette voix la rend vibrante, toute, avant même

qu'elle eût pu lever les yeux pour voir d'où vient cette voix.

— Hélène !

C'est, tout près d'elle, une silhouette d'homme dont toutes les lignes ont une signifiance et agissent despotiquement sur ses nerfs en désarroi.

A présent, elle reconnaît de Sainte-Aulde et ils se sourient longuement.

Il a pris sa main gantée et l'a mise au creux de son bras.

Hélène, à ce contact, se sent parcourue d'un frisson chaleureux et sa pensée est uniquement tournée vers le désir de se déganter pour mieux appartenir à ce contact, sans oser interrompre, en retirant sa main, la sensation merveilleuse.

Cette fois, ce n'est plus une hallucination, c'est la réalité absolue. Jean, — revenu de son bizarre voyage avec Fabien depuis deux jours — n'est même point étonné de cette rencontre, ni du docile abandon de Mᵐᵉ Romanel ; ne l'a-t-il point aimantée, attirée et préparée à distance par son désir d'elle, impérieux et obstiné.

Quant à Hélène, elle regarde résolument en face la situation imprévue : cet homme réel, venant, en

personne vivante et séductrice, se substituer à
son ombre, à qui elle a déjà tout accordé.

Comment se reprendre à présent ?

Elle n'en a point la force.

Ils s'exposent volontairement aux heurts des
passants ; ils palpent les objets à leur portée dans
la rue : le froid d'un réverbère, le contact rugueux
d'un mur, délicieusement confirment en eux la
certitude de l'état de veille, de la matérialité de
leurs impressions.

Enfin, ils ont échappé à l'emprise tyrannique de
la fiction, c'est maintenant, ouverte devant leur
amour, l'inéluctable réalité.

Combien, sans nul doute, elle sera féconde en
joies supérieures.

Ils se parlent en marchant. Ils se disent la nostalgie torturante de l'absence.

— C'est le parfum de tes cheveux et puis cette
délicate meurtrissure sous tes yeux, pareille à des
pétales de lilas, qui me manquaient mortellement. Même, s'il m'était donné de vivre mille vies,
je ne serais jamais désaltéré de toi.

— C'est horrible comme je t'aime. Je ne serai
plus jamais heureuse.

— Le bonheur n'est qu'une banale vétille à côté du divin tourment qui sera le nôtre.

— Oh ! comme c'est loin où nous allons ! Pressons le pas.

Jean de Sainte-Aulde héla une urbaine qui passait, jeta son adresse.

Leurs bouches s'unirent.

Aucune gêne entre ces deux êtres qui se voyaient pour la deuxième fois. Une candeur d'animalité souffrante de l'originelle brûlure; une soif ingénue qui hâte des pas furtifs vers les citernes par les bois où dorment des aromes.

Une fraîcheur de pluie matinale ruisselait sur leurs nerfs altérés, avec les caresses, non pas échangées mais réciproquement ravies d'assaut comme des proies.

Elle, blottie, comme effrayée, dans l'enlac du bras qui l'entoure, reçoit l'orage des baisers avec la langueur recueillie des saulaies battues par l'averse.

De Sainte-Aulde sent à son cou les lèvres d'Hélène s'attacher comme de fines tigelles de liserons mouillées par l'aube.

Puis, l'étreinte se fait plus farouche, exigeant la communion profonde de leur désir.

Des éclairs s'irradient en leurs cerveaux, disjoignent leur baiser devenu morsure.

Leur détresse gronde en sanglots éperdus.

C'est comme l'écho répercuté, parmi les rochers penchants sur la mer, de l'ancienne malédiction jetée sur la race des hommes qui ne doivent trouver d'oasis d'oubli qu'en cette unique *Minute.*

— Hélène ! ma petite Hélène, que de temps dilapidé, nos jours, nos nuits sans être liés ainsi !

C'est le cri de l'amant à leur premier pas dans la chambre nuptiale.

Leurs mains électrisées font voler — au hasard des fauteuils et des tapis — les vêtements saccagés dans la hâte.

D'une main impatiente Mme Romanel lutte avec l'enchevêtrement des agrafes tapies dans les plissés du corsage qui s'ouvre enfin en un bâillement joyeux de taffetas clair et le cou apparaît, délicat et puissant.

Les bras, fiers comme des lis royaux, rayonnent, et les épaules aux fossettes ingénues, tout illuminées de lueurs blondes, s'épanouissent parmi l'albescence tiède de la chemise qui semble la mousse d'un vin pétillant au bord de la coupe frêle du corset.

Puis la morsure du busc lâcha prise, les bas s'envolèrent comme des phalènes et au-dessus de l'écume neigeuse des dentelles, hécatombes de jupes et de dessous, la nymphe moderne a surgi.

Jean, au même moment, envoie coléreusement dinguer pêle-mêle, sa cravate, son gilet et sa chemise qui va se percher sur la bibliothèque, tel un nouvel et cocasse oiseau de Minerve.

Il est outré d'avoir à interrompre — pour aviser à sa toilette de faune — ce savoureux spectacle sous ses yeux : la chère nymphe quittant ses voiles.

Et voici l'ineffable Minute.

Hélène ne voit d'autre refuge à sa pudeur alarmée que de fuir dans le lit parmi les draps où elle éprouve la sensation d'un plongement parmi les pétales frais des fleurs. La fièvre de sa chair s'y guérit suavement, tandis que Jean, nu et beau comme un dieu, glisse son corps brûlant près d'elle.

Hélène redoute, à présent, la grande épreuve d'amour.

C'est comme une virginité spirituelle revenue
en ses flancs sous l'aiguillon d'une puissante passion, et puis, aussi, la conviction que rien ne
peut valoir en douceur ce merveilleux prélude à
l'ivresse, où flambent tous ses sens extasiés —
exaspérés par l'affolant hommage de cette solli-
citation que lui adresse de tout son être l'ami
éperdu.

Ces vers d'un poète chantent à son oreille :

> Quel charme dans la muette sérénade
> Des guitares frôlées par nos cœurs émus
> Sous les balcons des Extases !
> Ne commettons pas la faute
> De ravir l'amoureuse proie
> Au sphinx adorable des minutes futures.

Les paumes de ces mains féminines avides et
timides, — comme des colombes sur des margelles
de puits, — se posent sur les bras élégants et robuste de l'homme.

Mais déjà, avec un grondement de taureau
olympien, Jean plonge son baiser aux plus intimes
cachettes de la féminité qui se livre et se dérobe ;

hume parmi les duvets et les soies vivantes
d'aphrodisiaques aromes, désaltère sa soif d'elle
sur le marbre lisse des seins, de bras, qui frisson-
nent dans une voluptueuse agonie.

L'amant possède l'amante — conquérant et sub-
jugué.

Chez elle, ce n'est point le docile abandon,
ultime coquetterie d'hypocrite résignation — c'est
la volontaire offrande de toute sa personne ravie,
un élan résolu, vers la caresse du mâle, le
souhait de voir confondues leurs chairs et identi-
fiées.

Invincible se fait l'étreinte.

Le tumulte d'un sang, aux battements accélérés,
crée une atmosphère de suggestion symphonique —
où des harpes triomphales planent au-dessus des
sonneries pressées des gongs ; des fragrances hallu-
cinatoires s'épandent comme d'un parfum d'œillets
pourpres et de roses défaillantes, trop proches
d'incandescents foyers.

Elle se sent investie dans toute sa chair, dans
toute son âme par ce nouveau venu en sa vie, qui
sera désormais son maître et son univers.

Elle n'est plus que l'écrin enchanté recélant le

7*

flamboyant diamant de cette passion, le fourreau
de ce glaive vainqueur.

Pour *lui*, c'est la certitude d'enfouir à cette
heure, dans un abîme de délices, tout son passé,
inquiet et avare de joie ; de toucher à un havre de
béatitude sans mélange.

De pénétrer par son vouloir puissant jusqu'aux
suprêmes retraites de l'âme domptée en ce corps
adorable, y affirmer une victoire insigne.

> N'est-ce point l'instant immortel
> Et les âpres portes du réel,
> Vont-elles se rouvrir encore ?

> Cette demi-mort,
> Que n'est-elle
> La grande, l'auguste Mort,
> Si belle !

Mais le réveil, après ce beau rêve, n'a point
l'amertume et la déception des autres réveils, des
retours à la réalité après la trêve d'un songe.

L'amant, dans une attitude câline et naïve,
comme un Daphnis mollement étendu parmi les

pâturages, aux côtés d'une grecque Chloé, conte à Hélène la façon dont son image à peine entrevue à la soirée des Brodienne était entrée en lui despotiquement.

Comment, dans ses songes, il la retrouvait amoureuse et miraculeuse, personnifiant tous les caractères de beauté perçus au travers les changeants aspects des pays, des époques évoquées par les œuvres de l'art.

Hélène lui répond en narrant l'emprise subie par elle aussi, révoltée d'abord, humiliée, blessée, puis s'abandonnant, vaincue, comme au fil d'une eau éblouissante et caressante.

— Mais tu es encore plus belle que mon rêve. Ces bras, ces seins, ces hanches, sont comme des strophes éloquentes et glorifiantes, ces yeux, ces yeux clairs qui me suivaient, constellations de ma solitude, comme je les adore mieux encore de tout près, offerts à mes baisers, avec la fine langueur qui les nimbe d'un souvenir ardent.

— Toi, ami, tu es le créateur en moi d'une vie nouvelle, le révélateur de joies insoupçonnées et j'imagine être née de ton baiser.

Ainsi l'amour, spiritualisé par sa puissance,

joue sur les cordes tendues de ces âmes d'amants devenues pareilles à des lyres.

Cependant Hélène, d'un geste de son bras replié, a fait éclore un parfum, comme de rose thé, Jean l'enlace encore follement et leurs âmes léthargiques, telles deux voyageuses bousculées par l'ouragan, s'écroulent dans des abîmes d'extase sensuelle.

II

LE BONHEUR EST UTILE

Mᵐᵉ Romanel, rentrée dans sa maison, n'éprouve nul remords en revoyant sa fille et son mari.

La clarté qui inonde son cœur et ses sens, est comme l'émanation d'une flamme purificatrice.

Tout lui devint plus cher, même.

Les aspects des choses familières se revêtirent d'aménité.

Les sons et les couleurs se teintèrent de suggestivité, toutes les facultés réceptives d'Hélène s'orientèrent vers l'amour, comme la fleur du soleil vers l'astre sans rival.

A présent, la division du temps devient logique ;

au lieu de la déroulée fastidieuse qu'elle fut des minutes hantées par le stérile ennui.

Dès le réveil, le matin, qu'était-ce pour Hélène, sinon le commencement du jour béni où elle *le* verrait.

Les heures sont autant de gradins magnifiques, qu'elle monte vers le Palais des enchantements.

Les mets, au repas, ont un goût de Paradis, car ils figurent la provision de force pour les chères dilapidations de soi entre ses bras vainqueurs.

L'air qui enveloppe la jeune femme à ses premiers pas dans la rue, lorsqu'elle va vers *lui*, est déjà *sa* caresse, son cher contact : ne le respire-t-il point aussi en s'impatientant d'elle?

Puis, dans leur chambre, enfin! Quelle hâte avide de baisers, quelle peine à les interrompre même pour la joie de les recommencer.

Et quelle révoltante chose que les retards par des étoffes ennemies avant le contact absolu du chair à chair.

Souvent, après les crises d'ivresse, des pleurs ruisselaient aux yeux des amants.

Près de leur bonheur, silencieusement, s'asseyait

alors la divine Mélancolie, sans laquelle rien de grand n'est possible.

Mais que de minutes rendues au frais enjouement des nuées enfantines! Quelle virginité de perceptions!

Hélène regarde curieusement les yeux de Jean.

C'est sûrement la première fois qu'il lui est donné de voir des yeux.

Ils sont gris avec des lueurs d'eau mirant les nuages, et les cils bruns viennent y battre comme des ailes de martin-pêcheur.

C'est très gentil.

Ah! comme ce serait dommage s'il les avait d'une autre sorte.

Cependant l'amant plonge ses regards dans ceux de l'aimée.

Qui aurait cru qu'une prunelle de femme comportât cette complexité de gemmes chatoyantes qui soudain suggèrent des pénombres de paysages forestiers ou des clartés d'étoiles, ou bien encore des fleurs féeriques étincelantes de rosée.

Et cette glissée de la ligne de l'épaule, quelle suavité spirituelle, et comme l'ombre brunette, blottie au retrait de l'aisselle, exprime ingénument.

la double nature de l'animale divinité féminine.

Seules, les mamelles, délicates pourtant, empêchent ce buste aux lignes nobles et joyeuses d'évoquer le torse de quelque Dionysos ambigu.

Les bras ! oh ! leur fraîcheur de gerbes ! gerbes de tubéreuses aux effluves aphrodisiaques, gerbes candides de lys, gerbes caressantes et grisantes.

Hélène savoure plus friandement encore que celui qu'elle reçoit, le bonheur qu'elle donne.

Sous sa caresse magnétique cet éveil de subtils frissons, ce tumulte du souffle éperdu, suscitent en son intime féminité un ample retentissement.

Une ferveur lui fait alors chercher la main de l'amant pour un baiser de gratitude,

Et lui, lorsque sur le visage de l'aimée, il retrouve le reflet de son ivresse, lorsque, dans sa gorge, résonne l'écho des indépassables joies, de quel orgueil divin sent-il s'emplir son cœur qui bat, comme pour une suprême brisure.

Les trèves passionnelles sont aussi d'une incomparable douceur.

La plus quelconque parole prononcée par l'un des amants, revêt pour l'autre une signifiance précieuse, rien que par le son de la voix.

D'ailleurs, la chaleur généreuse épanouie en leur être physique, l'exaltation des sens, donnent l'envol à ce qu'il y a de meilleur en eux de poésie, d'ample rêverie ; aiguise leur malice, active toutes les forces psychiques.

Le bonheur est chose vraiment utile.

III

NOUVEAU BÉGUIN

La prédiction de Mme Prin, sur la stabilité de la reprise amoureuse de Mlle Luce Fauvet et de Pierre, ne s'est point réalisée.

Les voici quittés de nouveau et plus grièvement que jamais.

Mlle Luce s'est laissée encore surprendre avec un jeune élève du Conservatoire, déjà cabot et vaniteux, d'une sottise triomphale dont le compagnonnage galant parut vraiment trop inacceptable et humiliant au fin libertin possesseur officiel de Mlle Luce.

Mais, le plus malencontreux de l'aventure pour Mlle Fauvet, était sa coïncidence avec un commencement de passion emballée à la méridionale, de Pierre Grandet pour la pensionnaire d'un grand théâtre de Paris, nulle et prétentieuse.

Mlle de Trany, tenant en échec toute la malice ironique du politicien, tout l'esprit aiguisé du journaliste, en faisait de la naïveté de collégien rien qu'en se corsetant de poses entendues, réservées et comme il faut. Décidée d'ailleurs, pour des raisons d'intérêt, à capturer et garrotter ferme l'influent personnage.

Aussi, Luce Fauvet, après quelques semaines de vrai chagrin, de jalousie rongeante qui la rendait nostalgique de Pierre comme la plus tendre et la plus sacrifiée des amantes, se prenant en pitié de bonne foi, finit-elle par verser dans le petit ménage avec le jeune Louis, l'aspirant cabot.

Mais ce fut un enfer.

Car le médiocre jeune homme dut se décider à abandonner provisoirement ses vues théâtrales et demander la côtelette-sur-le-gril quotidienne — si nécessaire après les nuits de poésie à deux — à une autre vocation qu'il avait pour la photographie.

Luce, dès lors, dut devenir la thuriféraire de ce

demi-dieu du dévouement et n'oublier à aucun
instant l'énormité du sacrifice accompli pour elle.

— Ceci est mon sang — semblait lui dire le ma-
gnanime Louis, en débouchant à table un litre
à-douze.

IV

DANS LES CABARETS ARTISTIQUES

Luce, de son côté, joue et chante un peu partout.

Du bout de ses jolies quenottes rieuses, elle détaille les chansons populaires du temps jadis.

Le roi a fait battre tambour (*bis*)
    Pour voir toutes ces dames,
Et la premièr' qu'il aperçut
    Lui a ravi son âme.

Dis-moi, marquis, la connais-tu (*bis*)
    Quelle est cett' jolie dame?
Et le marquis a répondu :
    Sire Roi, c'est ma femme.

Les mignardes boucles blondes de la chanteuse, se pâment vers les yeux luisants de malice ; et, tout le visage arrondi sous la poudre de riz, en vague masque de Pierrot, suggère la réminiscence des fêtes galantes évoquées par le pinceau magicien de Watteau, en des décors d'apparat.

— Marquis, tu es plus heureux qu'moi (*bis*)
  D'avoir femme si belle,
Si tu voulais me l'accorder
  Je me chargerais d'elle.

— Sire, si vous n'étiez pas le Roi
  J'en tirerais vengeance,
Mais puisque vous êtes le Roi
  A votre obéissance.

— Marquis, ne te fâche donc pas (*bis*),
  Tu auras récompense,
Je te ferai dans mes armées
  Grand Maréchal de France.

La chanson glisse à la mélancolie, car devant le désir du Roi le mari doit céder en docile sujet.

— Adieu, ma mie, adieu, mon cœur (*bis*),
    Adieu mon espérance,
Puisqu'il te faut servir le Roi
    Séparons-nous d'ensemble.

Le plus noir chagrin, celui de savoir sa chère petite femme, si jolie, heureuse, peut-être, par un autre, sera épargné au pauvre mari; il pourra chérir sa marquise, pieusement, dans la mort. Une autre jalousie le sauvera.

    La Reine a fait faire un bouquet (*bis*)
      De belles fleurs de lysos,
    Et le parfum de ce bouquet
      A fait mourir marquise.

Entre ses tours de chansons, qui alternent avec des numéros de chansonniers, Mlle Luce observe ses camarades.

C'est une consternante collection.

Des faciès recrutés parmi ces jeux de massacres qui font la joie des baraques foraines, — façonnés évidemment de main de chourineur; des corps malingres, évadés, dirait-on, des bocaux de natu-

ralistes, ou flatulents et boursouflés de sédentaires
— s'affublent de vestons négligés.

Voilà pour le régal des yeux.

Des néants de voix, élimées et rocailleuses, des
voix perforatrices comme des vilebrequins, des
prononciations bafouillardes qui desservent des
textes désolants de banalité, de grossièreté morne.

Voici pour la jubilation de l'esprit.

D'aucuns, auteurs compositeurs sans connaître
une syllabe de musique et guère plus de littérature
— s'accompagnent eux-mêmes au piano en
braillant leur improvisation (la même pendant
trois ans) et cela produit l'effet d'une fin de noce
de province où le cousin de la mariée, complètement saoul, se serait dit :

— Il se peut que je sache jouer du piano, après
tout, je n'ai jamais essayé.

Sur ce, il met ses coudes sur l'ivoire.

Voici justement M. Xavier Broiegravas, poète-
musicien selon la formule ci-dessus.

Il est grand et de corpulence bien servie ; l'aspect d'un chef de cuisine, brigadier de gendarmerie
à ses heures.

Aussi, le clavier battu comme plâtre, lapidé par

ces mains pesantes de deux rudimentaires et inva-
riables accords, fournit-il un fracas assourdissant,
discordant et assassin d'oreilles.

De ce désagréable vacarme émerge péniblement
une intention mélodique banale et amorphe, mais
glapie avec toupet d'une voix détimbrée et d'une
articulation bredouillonne.

Le public ?

Oh ! Le public est d'une patience d'ange.

Empilé, comme dans un wagon les bestiaux,
coudes aux côtes et genoux pressés ; parmi une
atmosphère empestée de fumée — il écoute, em-
bêté mais respectueux, à sa place payée deux
francs.

Or, il n'est point douteux que si, dans la maison
qu'il habite, le sort ennemi lui avait donné en voisinage quelque virtuose de cette force il ne flanquât
congé avec fracas.

Si même sa tante, riche et célibataire, avait la rage
d'exhiber pareille attraction à ses thés du dimanche,
il n'y mettrait jamais les pieds — le *plumcake* fût-
il frais et l'héritage considérable.

C'est le tour du poète rosse, André Labarbe.

Il n'est pas beau à voir, et son veston est pelliculeux.

Il psalmodie d'un air vanné des turpitudes en strophes dénuées d'esprit et de vérité, autant, pour le moins, chargées en laideur que le sont en joliesse les plus fades couplets d'opéra-comique. Art — si toutefois on ose ce blasphème — Art aussi faux et plus vilain.

Mais, une outrecuidance et un inamovible contentement de soi, luisent sur la face, plutôt patibulaire du poète-rosse, vernissent de sueur le front déprimé, travaillent d'un sourire répugnant sa bouche de maître en vogue.

Car, il a du succès, le monstre !

Et, Luce Fauret, en train de boire un grog américain, se demande si ce public de bourgeois et de boutiquiers ne goûte point, dans ces exhibitions devenues à la mode, le rare et mauvais plaisir de voir déshonorée, abaissée et avilie devant lui, l'effigie de l'Art, et bafoué le simulacre de la Pensée orgueilleuse et féconde — ces gêneurs de sa médiocrité.

Mais, voici le benjamin des dames, le ténor-poète Edmond Julep.

Celui-ci, tiré à quatre épingles, l'air d'une chromo ; le smoking paramenté de velours — une invention à lui.

C'est d'ailleurs la seule invention dont il se soit avisé pendant sa carrière de ténor-poète.

Car, ses vers sont d'une platitude à écœurer le cochon doué du plus solide estomac.

Le petit filet de voix au glucose fait néanmoins pâmer lorsqu'il sussurre les infortunes d'un amant trompé et pas content — une trouvaille — et la fougue des amours espagnoles — qu'il distille en dormant.

Trois ou quatre fantaisistes de valeur se sont pourtant mêlés à cette cohue de nullités — alléchés par le gain facile et le succès immédiat.

Hyspa — anglo-méridional, pince-sans-rire, fait partager son attendrissement farceur sur le destin du *Ver solitaire* qui, élégiaque, se plaint — avec accent :

Je n'ai jamais connu mon père ni ma mère.

Dominique Bonnaud, spirituel et virtuose de la rime funambulesque, dans son *Expansion coloniale*, dit avec un brio très personnel mille drôleries sur ce sujet plus apte à inspirer des réflexions amères.

Ferny, héritier — non sans originalité — des Mac-Nab et des Jouy — désopile avec la *Visite présidentielle*.

La blague d'actualité politique a amené dans cette arène de nombreux bureaucrates, employés de ministères, qui majorent ainsi, en cabotinant, leurs faibles honoraires ; point gênés de leur médiocrité — ni le public non plus d'ailleurs.

Ce public, par moments, est bousculé sans vergogne par le garçon porteur de bocks qu'il fait circuler quand même et en passant sur le corps des consommateurs, leur en renversant quelques-uns dans la nuque.

Pendant ce temps le débit d'un chansonnier va son train, comme il peut. Mais celui de la consommation, pensez donc !

Voilà l'important et le vraiment sérieux.

V

BAVARDAGE PHILOSOPHIQUE

'Jean de Sainte-Aulde va visiter souvent Fabien, rentré en même temps que lui en France.

Depuis la nativité de sa passion, Jean a perdu son pessimisme, sa bouderie têtue contre la vie.

Son rêvassier d'ami lui fait bien un peu pitié avec sa recherche d'un talisman de bonheur.

Jean en connaît un infaillible : un puissant amour partagé.

D'autre part, l'épanouissement de ses nerfs le rend indulgent pour les billevesées des autres.

Même les conversations spirites le passionnent à présent.

Sa chère liaison avec Hélène, il se plaît à la voir

8*

dans l'Illimité, subissant les avatars des incarnations suivant une route ascendante vers l'Absolu.

Et il écoute parler Fabien.

— Les esprits ne peuvent déchoir dans leur marche ascensionnelle vers la perfection.

Les volontés, faibles pour le Bien et pour le Beau (qui est le Bien aussi), les désirs pâles et inactifs vers le Toujours Mieux, le Mal, consenti par lâcheté durant les étapes d'épreuves — l'Indifférence égoïste surtout — condamnent l'Esprit, immortel Voyageur, à un état stationnaire, à une stagnation au milieu du grand acheminement.

Et il en souffre, cet Esprit, en son intime conscience, un Enfer, plus âpre que celui hypothétisé par les antiques Théogonies.

— Mais pourquoi — interpelle Jean — ne nous échoit-il point d'être éclairé par quelque trait de lumière éblouissante, qui calcinerait nos incertitudes, nous restituerait intégralement à la connaissance de notre vrai destin ?

— Cela, — répond Fabien — afin que notre initiative s'exerçant dans la lutte et dans la tentation, la conscience de notre origine idéale puisse s'affermir en nous avec quelque mérite et constituer les degrés en raison desquels nous nous élevons — degrés d'évolution spirituelle.

— Evolution ! Voilà justement le mot de la Science qui, par son moyen, élimine l'opportunité de toute intervention étrangère aux phénomènes de la Matière.

— Et cependant l'évolution de la Matière est l'expression d'une *Idée*. Idée dont nous sentons en nous, la profonde résonnance innée : idée de Beauté, d'Ordre et d'Harmonie dont la Vie de la Matière présente le sens et le *Vouloir*. Harmonie, Ordre en ses vastes ensembles ; fantaisie imaginative en ses diversités, vœu de perfectibilité à l'infini. Toutes idées qui constituent le fond même de notre être psychique.

— Et tu en conclus ?

— J'en conclus au Principe Psychique coexistant avec la Matière. Ceci d'ailleurs n'est nullement en antagonisme avec l'acquit de la Science.

— Comment l'entends-tu ?

— Aux investigations de la Science, la Matière répond que tout peut être scruté et classé — fors le commencement et la fin des choses, fors notre être pensant qui échappe à toute analyse positive, offre le plus illimité des imprévus. Il existe souvent plus de différence entre deux hommes de même race et de même époque, qu'entre un crustacé et un oiseau. C'est la différence du degré de perfection psychique...

— Et que dis-tu — interrompt Jean — des notions acquises sur la mécanique cérébrale? A l'autopsie, ne peut-on montrer la place exacte ou siégeait telle faculté, la lésion qui détermina telle perturbation morale?

— Je dis que le cerveau humain ne peut être livré à l'enquête de la Science, qu'à l'état de logis abandonné par un habitant qui y a nécessairement laissé la trace de son passage. Mais cela ne saurait conclure à un habitant identique dans un cadre identiquement constitué *a priori*. Une lésion même, chez un fou, rompt — il se peut — toute communication de l'esprit avec le monde extérieur, sans pour cela causer la désertion ni la dégradation de cet esprit. Ah ! vous êtes gentils avec votre machine à penser ! Machine à créer aussi. Car l'homme n'est-il point un créateur, un réalisateur de rêves ?

— Fabien, tu es un poëte et tu as raison de l'être.

— Le Poète, c'est le Prophète. C'est le falot dans
la cave aux conjectures où la science admirable-
ment patiente et sagace travaille, fait des prodiges
— dans les ténèbres.

— Que lui demandes-tu donc de plus ?

— Qu'elle réponde, si elle peut, à l'essentiel
Pourquoi ?

— Et tu y as trouvé une réponse, toi, dans ta
doctrine ?

— Je me suis trouvé une explication rationnelle
en partant du connu — qui est la Matière — pour
aller à l'inconnu. Or, la Matière témoigne du vœu
manifeste de perfectionnement, de sélection, de
marche incessante vers un idéal de Force, d'Harmonie et d'Ordre — poursuivi depuis la première
aube — dans l'horreur du chaos, de la stagnation,
de l'inutilité. Ainsi, au profond de nous, le Principe psychique se révèle animé dès l'éternité du
vœu de perfection communiant avec la Matière
pour le mutuel progrès, pour la réciproque connaissance, en des unions et des épreuves à travers
lesquelles les esprits — qui sont individuels et
responsables — s'acheminent vers un état parfait.

— Qui est une sorte de *nirvana* bouddhiste —
railla encore Jean — d'anéantissement final.

— Non point — s'insurgea Fabien. La grande
loi de la perpétuation de la Matière est la Loi
d'Amour — et c'est encore le symbole et l'image de
la grande Loi psychique. Le progrès moral est en
raison des forces d'amour, d'altruisme et de pitié.
Notre assistance matérielle et morale peut, pendant nos incarnations — et aussi à l'état d'esprit
non incarné — être d'une aide précieuse à d'autres
esprits, nos frères. Les œuvres de l'Art, les œuvres
nées de notre Pensée — qui sont la confession
d'une foi en l'immortalité de notre essence, sont
également les échelons qui nous conduisent vers
le dernier terme de notre ascension.

— Et quelle est donc la caractéristique de ce dernier terme ?

— C'est un état de fulguration, dans la Beauté et
la Bonté, fécondante, — telle la chaleur d'un spirituel Soleil, conscient de son œuvre. C'est, aussi,
enfin désaltérée, notre antique soif du Connaître ;
cette soif qui nous aura dévolu pendant nos exis-
tences éphémères aux plus obstinés labeurs, aux
élans les plus héroïques.

A ce moment l'horloge sonna cinq heures et rappela à Jean qu'Hélène devait venir chez lui dans quelques minutes.

Cela lui parut beaucoup plus important que tout au monde et il s'esquiva en hâte.

VI

LUCE EST PINCÉE

— Figurez-vous, madame Prin, qu'il n'y a plus de doute, je suis pincée.

C'est Luce Fauvet qui parle pendant que la couturière lui pose des épingles.

— Ah ! la grande maladroite ! Et c'est sûr ?

— Oh ! oui, enceinte de trois mois.

— Et vous en parlez comme d'une chose naturelle.

— Dam ! ça n'a rien de surnaturel.

— Seigneur Dieu ! Et qu'est-ce que vous ferez d'un gosse sans père ?

— Mais il a un père et Louis sera très content.

— Comptez là-dessus et buvez de l'eau. Les gens de théâtre, c'est du propre !

— Dites donc, madame Prin, ne vous gênez pas pour moi.

— Eh ! les clientes ce n'est pas la même chose. Votre M. Louis ne verra là-dedans qu'un dénoûment de comédie et s'en ira les mains dans les poches, après avoir enfilé ses *snow-boots* comme quand on sort du spectacle en hiver.

— Vous êtes là, toujours à croasser, comme un corbeau, de mauvaises nouvelles... vous feriez mieux de ne pas tant me faire droguer pour ma robe bleu-pastel que j'attends depuis six semaines.

— Bah ! j'en fais droguer bien d'autres.

— Si ça les amuse...

— Tenez, voilà la toilette de Mme Tronche que j'ai là depuis quatre mois, Mme Tronche, la dame du dentiste, ainsi...

— Je me fiche de Mme Tronche. Il me faut ma robe pour après-demain soir. Je chante au Volnay.

— Vous n'avez pas peur ! Après-demain ? La jupe n'est même pas encore coupée.

— Ça, c'est trop fort ! Vous m'aviez promis de

9

vous y mettre tout de suite après que j'ai essayé le corsage, il y a juste six semaines.

— Vous ne voudriez pas que je néglige mes nouvelles clientes pour vous, peut-être? Et puis, si vous n'êtes pas contente, je vais vous rendre votre étoffe.

— Eh bien, c'est ça. Rendez-la-moi, mon étoffe. Je commence à en avoir assez de cet air de vous fout' du monde; si vous croyez que je suis embarrassée de trouver une autre couturière!

— Et moi, j'en ai tout ce qu'il y a de plus assez d'une cliente comme vous.

— Madame Prin, vous êtes une sale ingrate; voilà ce que vous êtes.

— De quoi ingrate? Des quelques clientes que vous m'avez amenées? J'en ai bien d'autres, des clientes, maintenant. Voulez-vous voir mon livre? Et Mme Mouche et Mme Poire, et Mme Tournant, des dames très élégantes et des dames mariées celles-là?

— C'est pour moi que vous dites ça? Ah! bien, ça vous va joliment à vous qui... enfin, suffit.

— Et Mme Fiole, la dame d'un journaliste!

— C'est bon, tout ça ne m'intéresse pas. Rendez-moi mon étoffe et que je file, je n'ai pas encore déjeuné.

— Ah ! vous n'avez pas déjeuné ? Eh ! bien, vous ne savez pas, vous devriez rester déjeuner avec moi. J'ai là un beau petit chateaubriand qui ne doit rien à personne. Je vous rendrai votre étoffe après... quoique... Ah ! vous n'avez jamais su me prendre par mes bons côtés et par ma sensibilité. Et j'en ai de la sensibilité, allez !... Quelqu'un qui me prendrait par là, je me ficherais au feu pour lui faire plaisir. Jamais vous ne serez habillée comme par moi. Vous verrez ! Vous verrez.

Et Mlle Luce reste à déjeuner avec Mme Prin. Il n'est plus question de rendre l'étoffe.

Mlle Luce aura sa robe pour chanter au Volnay.

VII

PRINTEMPS D'AMANTS

Le premier rayon de l'année, le premier rayon sérieux, va faire des siennes.

Le potache — peut-être futur « gens de lettres » écrira, en se cachant derrière son pupitre, des vers où seront consignées d'importantes découvertes dans le genre de celles-ci : que les yeux de la cousine ressemblent à l'azur du ciel, que le printemps provoque aux amoureuses songeries, que les oiseaux s'étant remis à chanter, il devient fatal qu'on les entende, que les corolles printanières, comme si elles s'étaient donné le mot, s'ouvrent précisément en cette saison.

Le potache aura sans doute la pudeur de nous

céler ses hautes nouveautés, mais nous les retrouverons, illustrement signées, au hasard des périodiques.

Les jeunes femmes se congestionneront en des essayages, accepteront les impertinences des petites couturières hystériques, pourvu que la nouvelle toilette ne soit pas ratée ; ou bien encore se laisseront souffler au visage par des tailleurs pour dames qui, souvent, malgré la firme anglaise, sont de Carcassonne et mangent de l'ail.

Pour les beautés en possession de bourses exiguës, le renouveau de l'année amènera un renouveau de vanité blessée ; et les chapeaux à fleurs de taffetas exposés aux vitrines des modistes feront tourner les jeunes têtes, coiffées de leurs seuls cheveux — blonds, bruns ou roux — comme des moulins devant un pré fleuri.

Ils tiendront, ces chapeaux de joie — des discours plus insidieux, et de mauvais conseil, que ne le firent jamais devant d'hésitantes Marguerite les Méphistophélès même mis en musique par Gounod.

La Semaine Sainte fera pèleriner la piété mondaine vers des salles théâtrales où des Jésus, outrageusement maquillés, diront de mauvais vers.

Les salons de peinture, en avalanche, dérouleront le cauchemar de leurs panneaux ; avec, de ci, de là, perchée sous le plafond, quelque œuvre d'art véritable.

Encore un peu de temps et Madame sera forcée de mettre à la porte la petite bonne, dont la taille se déforme sous le tablier.

La vieille fille du cinquième confiera ses petites économies à M. Alphonse, un aimable voisin d'au-dessous, qui a une excellente affaire en train.

Cependant, par la fenêtre ouverte, arrive un air parfumé, réellement parfumé d'espoir et d'allégresse, qui donne envie de tout pardonner, de tout oublier, qui donne envie de prier et de chanter.

Mais pour Hélène et Jean, ce n'est que la saison anniversaire des amants, la fête de Paul et Virginie, de Roméo et Juliette.

Ne sont-ce point leurs ombres enlacées qui passent parmi les légers nuages, irradiés de lumière neuve !

Malgré la crainte des malencontreux visages parsemés le long des promenades parisiennes,

Mme Romanel ne peut se refuser le pérégrinage avec son amant, tantôt aux allées du Bois de Boulogne, tantôt au parc Monceau, et, cette nature en cage donne à leurs cœurs agrandis par l'extase l'impression des libres espaces.

— Que de fois — murmure Jean près de l'oreille d'Hélène — que de fois, ma délicieuse amie, ai-je regardé sans le voir ce spectacle de la renaissance universelle.

— Moi aussi, Jean, il me semble voir le premier printemps et accueillir en moi le reflet de toute cette candeur.

— Vois ce saule abandonner langoureusement ses branches, comme en une lassitude d'amour.

— Et ces platanes ! Leurs jeunes feuilles frémissent au soleil, comme battues par une pluie de clarté.

— L'azur est transparent et le gazon constellé de corolles.

— Sur le sable pur des allées, regarde s'ébattre les colombes d'Aphrodite et la postérité du moineau de Lesbie.

— Parmi les branches les voici s'évader avec leur querelle amoureuse.

— Dis, mon Jean, cela ne te donne-t-il pas envie
de nous quereller aussi un peu, rien que pour le
plaisir de nous défâcher?

— Oh! non, chérie, mon bonheur me paraît si
miraculeux qu'à peine j'ose y croire, à peine j'ose
faire un mouvement, de peur de m'éveiller, peut-
être! Si ce n'était qu'un rêve divin !

— Non, mon amant, c'est une réalité aussi belle
qu'un rêve. Prends ma main... qui se pâmera
d'être dans ta main.

— Hélène! Hélène! c'est vraiment toi, la réelle
toi que je tiens! Comment croire une telle chose
comme une chose possible! Toi !

— Oui, bien-aimé! Et si heureuse!

— Fuyons, veux-tu, ce beau décor, cette lumière
nuptiale. La pénombre de notre cachette d'amants
est plus suave encore. Rentrons.

VIII

UN HOMME COMME MOI

· C'est à la fin d'un déjeuner, confectionné par elle-même, que Luce Fauvet décide de faire le grand aveu à son Louis.

On en est justement aux biscuits que l'ex-élève aime à tremper dans son vin avec un air inspiré.

Et Luce rêve d'une vie popote, avec son petit homme, *toujours le même*, sans la contrainte des commencements de liaisons, sans le déchirement des ruptures — elle a toujours eu un petit cœur casanier sans en avoir l'air — avec le gosse qui sera là, gentille poupée, pleine de drôleries, puis grandira comme une personne naturelle.

Le demi-monde abonde en ces parfaites petites

9*

femmes d'intérieur qui ont manqué leur vocation,
en souffrent toujours, de même, le vrai monde sert
de prison à des courtisanes nées qui étouffent derrière les barreaux des convenances, à moins
toutefois qu'elles ne les brisent avec fracas — ou
sans fracas.

— Tu ne sais pas, Louis ?...

— Non, je saurai quand tu m'auras dit.

— Je voudrais que tu sois doux, pas du tout mo-
queur, pour ce que j'ai à te dire... c'est si... comment dirai-je?

— Dis-le n'importe comment, ma petite, mais
dis-le vite, tu sais que je dois rejoindre Maurice
tout à l'heure au café des Variétés.

— Pour cette tournée qu'il te propose ?...

— Sans doute.

— Oh! n'y va pas !... c'est impossible maintenant... Voilà, je suis enceinte... Tu seras père.

— Ah! bah! Ah! bah!

— C'est tout ce que cela t'inspire, ma nouvelle ?

— Qu'est-ce que tu veux que cela m'inspire
d'autre ?

— Mais de la joie comme à moi.

— Ça t'inspire de la joie?

— Bien sûr. Dans un autre moment ça m'aurait sûrement embêtée à cause que quand on ne peut pas savoir...

— Eh ! bien et dans ce moment ?

— Dans ce moment, je ne puis avoir aucune incertitude, c'est ton enfant.

— Bah !

— Oh ! tu n'en doutes pas, Louis, que depuis décembre je ne sois aussi fidèlement à toi que si nous étions mariés devant Dieu et tous les maires de Paris et de la banlieue.

— Est-ce qu'on sait jamais avec les femmes.

— Tu ne penses pas ce que tu dis, n'est-ce pas, mais c'est mal de plaisanter au sujet d'une chose si grave et si belle.

— Hum, hum !

— Songe donc, un beau petit enfant à nous, que nous élèverons, qui fera un jour un brave garçon de fils ou une fille qui sera honnête et belle ; qui ne saura même pas ce que c'est que la noce. Ça, je te le garantis bien, par exemple ! Ah ! mais non ! Ce n'est pas assez drôle !

— Ah ! ça, ma petite Luce, tu ne m'as donc jamais regardé ; est-ce que j'ai une tête de père de famille ?

— Que veux-tu dire ?

— Qu'il ne faut pas du tout compter sur moi pour tes aspirations de femme d'intérieur.

— Louis !

— Que j'étouffais déjà, que ma vocation pour le théâtre me montait à la gorge tous les jours plus, que mon avenir est là, personne n'a le droit de l'entraver, ce serait un crime !..

L'ex-élève du Conservatoire arpentait la chambre, appréciait la situation, se sentant à la hauteur.

— Ce serait un crime ! répéta-t-il. Tu devrais comprendre toi-même qu'un homme comme moi se doit à son temps, que l'art dramatique a besoin de moi.

— Moi aussi, et ton enfant, nous avons besoin de toi.

— Eh ! qu'est-ce qu'une faible femme en comparaison avec la carrière d'un grand artiste.

— En quoi la gênerai-je, ta carrière ? Je ne serai jamais un fardeau pour toi, puisque je travaille également.

— Non, l'homme sublime, l'homme de théâtre, l'homme public, doit rester solitaire, afin que les

convoitises qu'il éveille se heurtent au mystère de
sa vie et non à un motif défini de souffrances jalouses. Un artiste marié ou collé, quelle déchéance ! Quel désenchantement !

— Personne ne le saurait !

— Eh ! tout se sait au théâtre, tu ne l'ignores
point.

— Que comptes-tu donc faire ?

— Je vais partir avec cette tournée qu'on me
propose.

— Tu vas partir !

— Et à mon retour, dans un an, je retrouverai
une petite Luce qui aura sagement arrangé ses
affaires et qui me remerciera.

— Louis ! Louis ! sanglotait Luce. Et ton enfant ?

— Mon enfant, mon enfant — puisque tu le
dis — il ne faut pas le laisser venir, cet invité sans
l'être, il choisit trop mal son heure.

— Ah ! Tu es donc un misérable pour me con-
seiller ça ! C'était donc de la frime tout ce que tu
me disais, qu'on ne se quitterait jamais. Qu'on se
plaisait pour la vie.

— Tu sais bien que ça se dit toujours ces
choses-là.

— Tu ne m'as donc jamais aimée !

— Si, par exemple, parole d'honneur, seulement je suis plus raisonnable que toi.

— Que j'ai mal dans la tête, Dieu de Dieu !

— Allons, petite Lucette chérie, sois mignonne, ne me garde pas rancune. Moi j'ai dans l'idée que tout s'arrangera au mieux pour toi.

— Comment ! Tu sors ?

— Oui, il faut que j'aille retrouver Maurice ; et si c'était pour tout de suite cette tournée, je t'enverrais de la galette aussitôt arrivé. Je n'oublie pas comme tu as été une petite femme dévouée.

— Que la tête me fait mal !.. C'est comme une bête qui saute là-dedans !

— Et si on ne part pas tout de suite, à ce soir, n'est-ce pas ?

Luce, anéantie, entend la porte qui se ferme avec un bruit de détonation perçue au milieu d'un rêve fièvreux.

Tous les gracieux détails de sa chambre semblent grimacer, narquois, l'humilier de leur ironie muette.

Voici la portière relevée sur la chambre à cou-

cher tendue de cretonne à bouquets avec le grand
lit Louis XV laqué blanc.

Parmi les oreillers défaits, erre encore le fan-
tôme des gestes libertins, des paroles plus enfantines que de raison, sincères pourtant en la floraison libre de leur jeune caprice sensuel.

Pour Luce, en ces derniers temps, l'amant pris
par insouciance gourmande de plaisir, était devenu l'homme entre les mains de qui son sort se
trouvait décidément confié ; le père de son enfant. Son cœur de linotte avait battu plus gravement.

Les détails de la silhouette aimée sont embus-
qués à tous les coins d'ombre; il va paraître, ce
n'était qu'un jeu cruel.

Elle revoit ses yeux — des yeux de fille,
comme elle le lui disait quelquefois — trop bleus
avec des cils longs et bruns, sa chevelure aux
lourdes boucles châtaines, sa peau blanche qui
donnait le vertige à la sienne, dorée, de méridionale.

Elle sursaute, croyant entendre sa voix baryton-
nante et blagueuse, sûre de son fait.

Une de ses cravates traîne sur la commode en

bois de rose, une cravate en foulard bleu à pois
que Luce avait cousue elle-même, inhabile, se
piquant les doigts, jouissant de cette petite peine,
comme une dévote de ses mortifications volontaires.

Sa douleur tient d'un gros chagrin de petite
fille, avec qui on a été méchant et injuste ; du désespoir de l'amante frustrée dans sa passion, humiliée dans son orgueil de femme.

— Oh ! comme j'ai mal dans la tête, gémit-elle
tout haut, lorsqu'un violent coup de sonnette re-
tentit dans l'antichambre.

— C'est lui, exclame-t-elle, accourant pour ouvrir, guérie, prête au pardon.

Mais ce n'est pas lui.

— Hé, petiote, me voilà ! N'es-tu point aise de
me voir ?

Luce reconnaît sa bonne tante de Béziers, tante
Héloïse, la sœur de sa pauvre mère défunte et qui
lui ressemble comme une goutte d'eau à une autre
goutte d'eau.

— Que si, que je suis bien aise, ma chère
tante, s'écrie Luce en sautant au cou de la visi-
teuse, avant même de songer à la débarrasser du

sac de voyage... C'est le ciel qui t'envoie ! Y a-t-il
longtemps qu'on ne s'est vues !

— Dam ! Près de douze ans ! As-tu embelli !
As-tu forci !

— Et tu me restes longtemps, j'espère, ma
petite tante ? Tu descends chez moi, naturellement. Rien ne m'empêche de te recevoir — ajoute-
t-elle amèrement en pensant à la désertion de
Louis.

— Je veux bien, mignotte.

L'accent de la tante Héloïse, un accent qui ressemble à de la chaudronnerie dégringolant du
sixième étage, éveille pour Luce tout un monde de
souvenirs familiers, des souvenirs de son enfance,
écoulée en la petite ville du Midi.

Tout lui revient en mémoire, les cérémonies do-
mestiques ; confit d'oie qu'on fait à l'automne, et
surtout la fabrication des confitures, où après
avoir aidé à l'épluchage des groseilles et des fram-
boises — aide qui consiste surtout à manger,
séance tenante, les plus belles — on prélevait sur
la cuisson toute l'écume.

Cette écume si délicieusement écœurante, trop
douçeâtre, sucraillée jusqu'à la nausée et glueuse

comme un cambouis, lui paraissait cependant bien meilleure que les vraies confitures.

Et ses premières escapades de fillette garçonnière un peu ; et les rendez-vous autour des arènes avec le petit Marius qui avait treize ans quand elle en avait douze ; qui lui chipait ses sous pour acheter des billes et qui la battait, mais pas trop fort.

La folle équipée un jour de carnaval, la folle équipée du petit bal borgne, où on allait masqué, et où elle parut — après s'être évadée de chez sa tante endormie avec des prodiges de roueries à rendre jaloux Latude — seule à visage découvert, fort embarrassée, au milieu de l'émerveillement général, de son gentil masque de quinze ans, effaré.

Elle en rit encore et de la manière dont elle prit ses jambes à son cou et s'enfuit droit chez la bonne tante, sitôt abordée par un monsieur obèse qui lui fit l'effet d'être le croquemitaine.

Ensuite la grande affaire de la séduction par un étudiant en pharmacie qui retournait finir ses études à Paris, l'avait emmenée, puis, rapidement, lâchée.

Tout cela est déjà loin... Peut-être n'est-ce jamais arrivé.

Et son grand désespoir de tout à l'heure, en cette minute, lui semble déjà reculé dans le passé.

La chère, la réconfortante réalité, c'est cette bonne vieille tante gâteau, revenue près d'elle.

On allait vivre ensemble, comme autrefois après la mort de maman.

— Et Mme Pouliac, notre voisine, elle est toujours en bonne santé? interroge Luce.

— Oui, ma fille, elle va doucement ; tout va plus doucement chez nous. Ce n'est pas comme ton mâtin de Paris, quel vacarme, quelle presse ! J'en suis encore toute ahurie rien que d'être venue de la gare.

— C'est parce que c'est le premier jour... Tu t'y habitueras. On s'amuse bien à Paris... des fois.

A dîner, on cause encore des anciennes connaissances.

— Le boulanger Barague, tu sais, celui qui pendant neuf ans d'union avec Mme Barague a passé pour le mari modèle de Béziers, — je reprendrai encore de ta soupe aux tomates — après six mois de

veuvage a épousé sa bonne ; je ne sais pas si tu
t'en souviens, sa bonne placée chez lui depuis
longtemps.

— Elle passait aussi pour le modèle des bonnes.

— Eh bien ! pour la noce, elle a fait revenir de
la campagne un enfant de huit ans qu'ils avaient
eu ensemble, M. Barague, et elle. — Ton vin blanc
ne vaut pas celui de notre petit clos, mais il se
laisse boire.

— Tant mieux, tant mieux. Voilà maintenant un
beau poulet que j'ai pris tout rôti.

— Pour te finir, la petite Berlac, la fille de la
maîtresse du pensionnat, s'est mise au théâtre —
tiens, donne-moi de ta bête le croupion, c'est le
morceau que je préfère — elle s'est donc mise au
théâtre, mais tout Béziers lui a fait mauvaise
figure et elle a été obligée de partir.

Luce, pendant ce verbiage, rêve : comme il serait
doux d'épancher tout son chagrin dans le sein de
cette brave tante...

— Mais comment va-t-elle prendre cela, elle si
intraitable sur la bonne conduite ? Elle qui croit
naïvement que depuis mon départ du pays je vis
de mon travail !

La tante interprète cette tristesse : C'est l'allu-
sion à Mlle Berlac, sans doute.

— Ce n'est pas pour te chagriner que je te
conte ça, ma petite fille. Tu me dis qu'à Paris
ce n'est pas la même manière de voir les
choses du théâtre. — Passe-moi encore de la salade.

— Voici, ma tante. En effet, ce n'est pas la même
chose, on peut être au théâtre et avoir l'estime des
personnes.

— Je te crois, Lucette, et je l'espère bien qu'il
n'y a rien à redire sur ton compte... Ah! nom
d'un bonhomme, si j'apprenais jamais quelque
chose, ce serait un grand malheur... car je ne
pourrais plus te revoir de ma vie et je n'ai que toi
au monde, à cette heure.

Impossible de rien lui confier, songe Luce, ce
serait pourtant si soulageant!

Et la tante poursuit en sucrant son café.

— Tu es gentille et pas sotte, tu as un métier
honorable... à Paris; tu te marieras bien un jour.
Je serai la marraine de ton premier enfant, et, en
partant de ce monde, je serai bien à même de lui
laisser un petit souvenir.

Cette évocation fait éclater Luce, elle ne peut plus se contenir.

Sa chaise rapprochée de celle de sa tante, elle lui conte tout son guignon, toute sa faiblesse et le petit bâtard en train et le lâchage du père au petit et comme elle l'a encore dans le sang et ne peut pas le détester.

La jeune femme a glissé aux genoux de sa tante, qui, consternée, ne trouve aucune parole de colère contre la pauvre accablée — dont les boucles blondes sautent au creux de sa jupe, bousculées par les sanglots — se contente de pleurer avec elle devant le café qui refroidit dans les tasses.

IX

VIOLETTES AU BOIS

— Une journée à la campagne ? propose Jean.

— Voilà une idée, s'exclame Hélène.

Rêve toujours neuf des amants citadins, rêve
sans nationalité et sans caste.

Le même qui fait battre plus vite le cœur de la
petite ouvrière en attendant son ami, le dimanche,
et le cœur de l'amoureuse patricienne avide d'air
pour ses tendres soupirs, impatiente de fuir le
souffle de la ville.

Et quel plaisir raffiné de prendre à témoin des
caresses, coutumièrement cachées dans la pénombre des alcôves, — les prunelles étonnées des
fleurs et le vaste ciel indulgent !

Les voici à deux heures de Paris, sur la ligne de l'Est, descendus à la Ferté-sous-Jouarre.

Ils laissent derrière eux le village des Jardinets où Jean a séjourné l'an dernier, chez de bons amis.

O merveille ! c'est de la vraie campagne avec des routes solitaires, des champs touffus de coquelicots.

Ils s'y arrêtent un instant.

C'est comme un joyeux incendie.

Puis, de plus près, le détail des corolles emmêlées, on dirait bouche contre bouche.

Cela rit, cela crie d'allégresse, cela sonne ainsi qu'une fanfare de coqs matinaux.

Puis, c'est un écrin de rubis exaspérés, ravis peut-être au prix du sang, de sang éclaboussés.

Sous la brise, cela volette, papillons couleur de pourpre, dans un frisson de pétales au-dessus des sveltes tigettes duvetées.

Un arome opiacé émane des petits cœurs noirs, frères agrestes des cœurs du maléfique pavot.

— Qu'il ferait bon, murmure Hélène, s'endormir en ce parfum et parmi cette lumière violente de fleurs carminées, lumière de vitrail où quelque maître primitif aurait évoqué une scène de martyre.

— Allons plus loin, dit Jean, je veux te montrer le bois de l'Isle, où j'ai souvent rêvé de mener une amie de choix, une amie divine telle que toi, sans jamais l'espérer.

— O mon Jean ! comme je t'aime de m'aimer si fort ! Comme je t'aime de n'avoir connu que des ivresses décevantes avant les nôtres ! Mais je suis jalouse, vois-tu, même de celles-là, même des mouvements instinctifs qui t'ont fait appartenir à d'autres femmes. Ah ! comme j'en souffre ! Ah ! comme je t'en veux ! Et pourtant c'est injuste, je le sais.

— Mon Hélène adorée, mon unique Hélène, combien je chéris cette sensibilité ombrageuse en toi ; c'est cela même l'amour véritable, injuste et illogique, ô Hélène exquise !

— Jean, ô mon cher amant ! Je suis si heureuse, si heureuse !

— Avoue, ma chère maîtresse, ma petite Hélène très belle, que c'est bon de s'aimer ainsi.

— J'avoue, j'avoue, mon amant... je suis forcée de l'avouer, rit nerveusement Hélène, presque pâmée, en s'appuyant à son ami, penchée à son bras, qu'elle presse aussi de la pointe érigée de son sein libre et vibrant d'émoi sous la chemisette de batiste.

Leurs lèvres se saisissent éperdues ; Hélène et Jean boivent longuement l'élixir céleste du baiser qui les désaltère à la fois et les brûle.

Ils cheminent, à présent, le long de la Marne chatoyante et miroitante — verte, argentée et bleue — qui reçoit dans son sein l'image des coteaux, et des nuées voyageuses, sa surface se rayant de la lente glissée des yoles.

A l'opposé, des peupliers se dressent en sentinelles, et, enfin, les voici parvenus à l'entrée du bois.

Au-dessus de leurs têtes rapprochées les branchages tendent un vélum vert où la brise met de délicats remous ; les ombres des feuilles, alors, battent de l'aile comme des phalènes.

Par terre, sous l'épaisseur des futaies, filtre du soleil que reflètent les luisants miroirs des lierres parmi les éventails frais des fraisiers.

Fouets d'argent, les hautes herbes qui bordent le

sentier, décrivent, en retombant, d'élégantes volutes.

Ah! on ne voit plus nos amoureux. Que diable sont-ils devenus?

Seules les voix mêlées d'oiseaux animent la lumineuse solitude.

Le pinson ouvrage ses trilles, la pie obstinée dit une phrase lente, le loriot lance un cri alerte et fou, le moineau s'égosille, mis en belle humeur par cette heure pleine de baumes et de clarté.

Par intervalles, tout ce monde babillard fait silence comme pour écouter dans la profondeur de la forêt le frémissement des feuilles et des branches, pareil au bruit de lointaines cascatelles.

Hélène et Jean reviennent enlacés.

Diantre! il était temps!

Le soleil est complètement descendu à l'horizon, et comble les vides, laissés par l'enchevêtrement des feuillages, de diamants, de topazes, de rubis et d'or incandescent.

Un somptueux bûcher semble allumé derrière les arbres, où brûlent tous les trésors de Golconde et du Colorado.

Le couple, accablé d'une lassitude heureuse,

suit silencieusement le sentier, tandis que la lumière répandue là, est comme une flamme qui se
mire aux facettes de la végétation.

— Une violette ! s'écrie gaiement la jeune femme
en se baissant, leste, pour en cueillir une qu'elle
offre à Jean.

Mais lui, tandis qu'il les respire toutes les deux
— la fleur et la femme — regarde les violettes
dont l'extase a nimbé les paupières de son amie —
plus belle ainsi, blessée de volupté, — son cœur
se fond de tendresse et il baise, reconnaissant, la
main et la fleur.

X

PARENTHÈSE

Dans les interrègnes de leurs caresses, Hélène et Jean causaient librement comme de vieux amis.

Quelle longue intimité peut valoir celle que crée l'entente spontanée des sens, l'association indispensable pour le bonheur.

Jean a souvent parlé à sa maîtresse de son ami Fabien, de ce rêveur qui veut une cause esthétique et philosophique à la création, l'observateur judicieux et affiné du monde visible.

Il lui conta leur voyage, leurs stations dans les musées, leurs discussions.

Aussi, Hélène, de plus en plus se prend-elle au désir de voir ce Fabien, le confident de son Jean

au temps où celui-ci était seul, célibataire, ajoute-
t-elle avec un cynisme naïf.

Et ces heures où l'on jouera au mari et femme
qui reçoivent, l'allèchent aussi dans un besoin de
multiplier les liens qui l'attachent à l'amant, les
fortifier de nombreuses racines.

Tous les petits soins autour des babioles qui
ornent leur *chez eux* la ravissent.

Elle se donne quelquefois le plaisir d'arriver en
avance au rendez-vous, pour attendre Jean patiemment comme une petite épouse docile.

Justement, libre ce soir de ne rentrer qu'à minuit — permission de minuit, raille de Sainte-
Aulde — ils attendent Fabien pour le thé.

Dans la salle à manger, sur une nappe ajourée
de guipure, un coquet service en vieux Japon.

Des coupes d'argent ciselé contenant des fruits
et des pâtisseries ; des gerbes de lilas jaillissant
des étroits cornets en verre de Venise — attendent
l'arrivée de l'hôte.

Il est là, bientôt.

La présentation s'est accomplie simple et
comme superflue — Jean de Sainte-Aulde ayant
depuis longtemps saturé Fabien de toutes les con-

fidences conciliables avec la discrétion qu'il doit
à Hélène en ce qui regarde sa vie hors de lui.

Et maintenant ils causent à l'aise.

Les voyages que Fabien et Jean firent ensemble
fournissent une entrée en conversation qui dis-
sipe, promptement, le malaise inévitable aux
premières entrevues. Hélène écoute avidement
tous les détails qui se rattachent à cette période
d'emprise amoureuse dont Jean lui a conté les
étranges étapes et dont elle a, elle-même, loin de
lui subi le contre-coup.

Cette particularité, ils la content ingénuement
à Fabien qui a l'air de trouver cela naturel.

A propos des musées, ils parlent aussi esthétique.

— C'est une pitié, dit Jean de Sainte-Aulde, de
voir les jugements formulés sur les œuvres contemporaines — sans même insister sur la mauvaise
foi et l'esprit de clan.

— Oui — répond Fabien, déjà isolé en lui-même
— oui, l'Art qui, mystérieusement, et tout puissamment plane au-dessus des races et des âges,
comme une communion occulte de l'humanité,
l'Art qui fait apparaître intelligible à la méditation

moderne le rêve d'un Orient antique, d'une Egypte
aïeule de la Grèce florissante — l'Art cependant,
pour ses contemporains, faute d'un éloignement
suffisant, est une cause constante de division et de
malentendu, et l'état le plus général des esprits,
est un état de désarroi. Un degré de culture spéciale à chaque moyen d'expression est indispensable pour constituer un droit d'opinion, et, lorsque
certains, des plus sincères, et des plus indépen-
dants parmi le public, ont déclaré : « Ce tableau
me plaît », « je n'aime pas ce livre », ils n'ont
porté aucun jugement valable, car, en matière
d'Art, on doit aimer avec connaissance de cause
et détester de même.

— Tu avoueras, pourtant, d'autre part, qu'il est
juste de s'insurger contre l'idée fort accréditée,
surtout en ce siècle, que la véritable œuvre d'Art
dût être destinée à un très petit nombre.

— Certainement, une œuvre satisfaisant à toutes
les conditions d'Essentielle Beauté ; caractère défini, science des moyens, imprévu et puissance
dans l'effet, difficultés vaincues avec élégance, originalité de l'ensemble, ingénieux acheminements
vers un but fortement voulu — enfin proposition,

quelle qu'elle soit, réalisée avec réussite — une telle œuvre ne peut trouver son appréciation plénière qu'auprès des esprits cultivés.

Mais il y a dans toute conception forte, un côté d'humanité qui va à l'humanité entière même contenu dans des cadres ouvragés.

— Vous avez raison, Monsieur — intervient Hélène — la seule différence qui existe entre un créateur d'art et le plus humble d'entre la foule anonyme, c'est la faculté [de *formuler* ses émois les plus subtils, ses rêves les plus exaltés. Ces émois aussi subtils, et ces rêves aussi exaltés, l'âme la plus fruste les contient à l'état de harpe éolienne que le souffle des artistes fait vibrer, lorsqu'il est robuste, simple et sincère.

— Vous êtes dans le vrai, Madame, et, sans doute, détestez-vous, comme moi, les charades de la littérature, de la musique et du crayon ; l'argot des *extra-fins*, la franc-maçonnerie de langage des petits cercles contempteurs des foules qui le leur rendent en les ignorant à jamais. Certes, les grands traits de ce qui est l'essentielle Beauté sont accessibles à tous : aristocratie et nouveauté de l'inspiration, limpidité de l'expression, certitude de l'effet.

— Les pensées les plus hautaines, comme les plus raffinées — renchérit Jean — n'ont nul besoin de s'entourer de nuages — comme le Père des Dieux pour commettre ses méfaits. Plus particulièrement en littérature, on a fort mauvaise grâce à mépriser la plus haute et la plus rare des qualités : la clarté.

A ce moment la bouillotte chanta sur le réchaud ce petit chant affable qui est comme la voix même du petit Génie familier, vantant les plaisirs du logis.

Hélène plongea d'une jolie main — de forme noble et gaie — une pincée de *Ceylan* dans la théière, fit infuser, puis remplit les tasses.

Fabien ne s'interrompit point pour [si peu et continua :

— Une hérésie en faveur est la division des productions de l'esprit en *grand art* et *l'autre*. A mon avis il n'y [a pas de grand art et de petit art. Il y a l'œuvre d'art originale et parfaitement réussie qu'elle qu'en soit l'envergure — et l'œuvre ratée où l'on retrouve infailliblement la redite maladroite de quelque modèle, travesti, ou un astucieux pillage de ci de là. Le Baudelaire des *Petites*

Vieilles — ce bijou de fin ivoire — est aussi grand que le Baudelaire du *Rebelle*. Les médiocres mélancolies de la vie provinciale traduites par M. Anatole France dans le *Mannequin d'Osier*, et au milieu desquelles une pauvre âme indigente essaie de voleter vers le lumignon de son rêve — telle une mite sous la lampe fumeuse — sont traitées avec la même maîtrise que cette somptueuse Thaïs, en qui revivent les splendeurs de Byzance pour la damnation d'un insuffisamment saint ermite.

— C'est vrai, approuva de Sainte Aulde.

— Un mot dont on mésuse, ronchonna encore Fabien — un mot inépuisable en malentendu, est le mot *talent*. Il en résulte la division risible des œuvres en œuvres de *talent* et en œuvres de *génie*. Peut-on imaginer une œuvre de génie dépourvue de talent? Comment la connaîtrait-on pour telle, si elle n'était formulée avec talent, puisque le talent est la faculté de manifester dans sa forme propre un génie particulier.

— Tu as raison — assentit Jean — lorsqu'il faut reconnaître qu'une œuvre ne contient point de génie, elle ne peut non plus révéler de *talent* à moins que l'on ne qualifie injustement de *talent*

l'aptitude vile d'assimulation, de glane fraudu-
leuse ; la faconde sans objet qui vaille, la redite, fût-
elle habile, les audaces baroques sans nouveauté.

— Il me semble — aventura Hélène tout en cro-
quant à petit bruit de jolies quenottes saines une
gaufrette — il me semble qu'avec cette rigueur on
se trouve dans l'obligation de condamner des pé-
riodes très longues, comme n'ayant produit aucun
talent.

— Me permettez-vous, émule en beauté mais
plus docte homonyme de la grande Troyenne, me
permettez-vous de répondre par une anecdote bi-
blique ?

— Le moyen d'empêcher un si galant confé-
rencier !...

— Le Seigneur — conférencia donc Fabien — le
Seigneur ayant reçu l'hospitalité d'Abraham sous
les vêtements d'un pèlerin s'est fait connaître à son
hôte tandis que celui-ci le reconduisait sur la route
et lui révéla le châtiment prochain de Sodome et
Gomorrhe. Abraham implorait la grâce des villes
condamnées et obtint cette concession :

— S'il se trouve seulement dix justes dans la ville,
je pardonnerai à la ville entière. — Abraham

glissa ses doigts sous sa calotte de velours et se gratta la tête : Dix justes dans une ville! C'était beaucoup. Le Seigneur, sagace, devina sa pensée.

— Trois justes me suffiront, mais je ne peux pas laisser à moins, j'y perdrais. Abraham laissait toujours ses doigts anxieux sous la calotte, l'air de quelqu'un qui trouve cela hors de prix. — Pour un *seul* juste je pardonnerai à la ville, dit enfin le Seigneur.

— Je comprends — sourit Hélène. — En matière d'art il faut juger comme le Seigneur.

— Oui, à la moindre parcelle d'originalité reconnaissons le génie, par conséquent, le talent. Sans cette parcelle, une œuvre ne contient ni génie, ni talent, elle est comme si elle n'était pas.

— Mais à quel signe — intervint Jean — reconnaître cette originalité inventive ? Sera-ce à quelque réforme dans les lois qui régissent l'Art ?

— Point du tout... Une innovation heureuse nous apparaît telle, seulement à la condition de n'être point une superfétation, une vaine recherche de la singularité, un retour arbitraire à la barbarie. Elle sera au contraire, cette nouveauté, d'accord avec toutes les lois fondamentales qu'on ne sau-

rait méconnaître impunément et auxquelles les
œuvres d'art les plus primitives sont conformes.
On la reconnaîtra donc, cette originalité, à l'effet
de surprise agréable qu'elle apporte, surprise sans
heurt, marquée d'un caractère d'opportunité
comme de quelque chose qui aurait manqué si
elle ne se fût jamais produite, qu'on eût été fâché
de ne point connaître. Images, comparaisons im-
prévues, nouveauté du tour, inflexions inatten-
dues qui vont émouvoir quelque coin indéfloré de
nos facultés émotives. Tels sont, sommairement,
les traits qui marquent les œuvres originales, au
travers lesquelles nous percevons nettement une
nature d'artiste, unique, et cependant apparentée
malgré son indépendance à l'immortelle famille
des créateurs.

— Un peu de rhum dans votre thé? proposa
Hélène.

Impitoyable pour les amants — qui s'étaient
déjà lancés quelques regards significatifs — impitoyable, en refusant le rhum, Fabien poursuivit :

— Un autre sujet de discussion, c'est la hiérarchie et la priorité des arts. Or, toutes les œuvres
d'art obéissent aux mêmes lois supérieures, les

difficultés équivalentes à vaincre se présentent au
musicien, au peintre, au littérateur et au sculpteur.
Tous doivent prouver de la maîtrise et de l'érudition.

— Encore faut-il tenir compte — insinua Jean,
dont la belle humeur s'altérait de la soif des baisers d'Hélène — encore faut-il tenir compte du
droit d'aînesse qui revient à la littérature. On a
parlé avant de sculpter, de peindre ou de chanter,
avant même de bâtir la première hutte.

— Non, l'homme sauvage a dit à son frère plus
faible, qui occupait un creux de rocher avantageux : — Ote-toi de ce creux, afin que je m'y mette,
ou je t'assomme avec ce bâton. — Mais, ce propos
— aïeul de la politique — n'était pas plus de la littérature que le bâton brandi n'était de la sculpture.
Plus tard, ce propos de sauvage deviendra l'Iliade
et le bois du bâton s'ornera d'entailles, deviendra
un jour colonne de temple, où le lotus épanouira
ses décoratives corolles.

Fabien se leva sur ce, pour prendre congé des
amants qui, naïvement, rayonnèrent.

Avant de sortir, il dit encore, malicieusement :

— Il est juste d'ajouter...

— Non, c'est injuste, s'écrièrent mentalement Hélène et Jean.

— Il est juste de finir cette petite conférence...

— Oh ! oui, oui, c'est plutôt cela.

—... Par le regret exprimé pour la séparation moderne de l'art usuel d'avec le grand art. Le Japonais, avant que l'Europe démoralisatrice l'eût induit en camelotage, était aussi complètement artiste en ouvrageant une boucle de ceinture, une poignée de sabre, — qu'en sculptant l'image d'un Bouddha. Il en était de même en Europe jusqu'à la fin du XVIIIᵉ siècle. C'est le peintre Boucher qui dessinait la table à toilette de Mᵐᵉ Dubarry. Et cela était excellent. N'est-ce point la mission généreuse de l'art d'embellir à chaque pas la vie qui en a joliment besoin — et mettre dans le chaos des philosophies cette incontestable lumière : Le beau, c'est le bien.

— Cela est vrai — appuya Hélène gagnée — si la société était formée d'êtres ayant une morale esthétique, cela conjurerait tous les maux marqués d'une laideur, et ce sont les pires.

UNE AME AU BLOC

C'est de Vivray, qui est accompagnateur au cabaret des *Trente-six Métiers* où Luce Fauvet chante à présent.

Il a sept francs de cachet pour sa soirée.

Pourquoi va-t-il perdre son temps précieux de producteur d'art, en d'aussi basses besognes si dérisoirement rétribuées ? Il n'est donc pas sérieux ?

Est-ce qu'il ne devrait pas être au moins chef d'orchestre dans un théâtre ?

Il doit avoir quelque vice qui le rend inapte à occuper une place proportionnée à sa valeur.

Ainsi parle autour de lui la médiocrité ravie de l'effacement d'un talent admirable qui, militant, serait d'un voisinage dangereux.

Et la légende grossit, détermine la célébrité du malheureux artiste, il est classé : plein de talent, mais inutilisable.

En attendant, à la maison, il y a l'épouse associée pendant les années de force et de confiance à ses destinées — et il y a aussi deux fillettes et un fils, tout ce pauvre petit monde devenu déjà maladif et névropathe par la vie hostile, cahotée entre l'espoir et les déceptions.

La détresse intime, il faut la cacher, sous un air de bonne humeur, de fantaisie bohême, d'un éblouissant persiflage de soi où l'on dépense des trésors d'esprit qui devraient suffire à vous faire des revenus.

Et de Vivray accepte d'être l'accompagnateur de MM. Julep, Labarbe et autres.

— Allons, y es-tu, de Vivroche — le hèle M. Bourda le cabot incomparable pour la platitude de sa diction et pour son absence totale de voix.

— Allons, y es-tu ?

Il est dans les mœurs théâtrales, ce tutoiement de cochers, entre camarades.

Or, la dernière des *utilités* est le camarade des auteurs, du chef d'orchestre, du directeur et de l'étoile.

Cette camaraderie, d'ailleurs, n'empêche point le
déblnage, établi sur la plus vaste des échelles et
merveilleusement réciproque.

— Allons, y es-tu, de Vivroche ?

— Oui, mon vieux; voilà.

C'est une répétition aux *Trente-six-Métiers*, car
il y a quelquefois des répétitions dans les cabarets
artistiques.']

Le patron directeur a signifié à M. Fiole-de-Bois
qu'il eût à se renouveler.

— Voilà six ans que tu nous chantes cette actualité, il faut trouver autre chose. Vraiment, le public
est trop bon enfant et il ne faut pas non plus se
payer sa tête outre mesure.

M. Fiole-de-Bois, moins d'un an après, apporte
sa nouveauté : paroles et musique de lui.

De Vivray est requis pour *la lui apprendre* à
chanter et pour *trouver les accompagnements*.

C'est du reste une répétition de gala, car
M. Bourda tient aussi une nouvelle chanson bou-
grement rosse.

Ah ! ah ! ah ! ah !
Tu me dégou-ou-tes.

Cela se passe vers les six heures dans la salle de concert où, pour le moment, les chaises sont empilées, les unes par-dessus les autres, avec un air d'apprêts pour un déménagement à la cloche de bois.

Il n'y a de mouvement encore que dans la première salle, réservée aux manilleurs, où les absinthes et les amers Picon commencent à circuler en répandant des odeurs intoxicantes au milieu de voix avariées et de propos loustics, tandis que les joues grasses de la caissière rancissent derrière le comptoir.

Parfois, pendant la triste besogne de l'accompagnage, la pensée prisonnière du noble artiste, — la pauvre pensée fichue au bloc, pour quel crime, grand Dieu ! — la pauvre pensée s'échappe, fuit le milieu flétrissant, s'isole.

Alors les doigts délicats sur le clavier évoquent des beautés incomparables pour le moindre prétexte fourni.

Le barde Marcel Guelay va chanter *Les Cloches*, une assez jolie chanson, sobre et simple.

Déjà l'âme du Maître est partie sur le mot seul : *Les Cloches*, pour des rapsodies éblouissantes.

Les voici qui tintent au piano, cloches des matins de printemps, cloches parmi le paysage, cloches des baptêmes villageois.

Et les harmonies sont aussi limpides que ce ciel où viennent de disparaître les dernières rougeurs de l'aube.

Puis, c'est la cloche de l'*Angelus* qui plane comme une colombe sainte au-dessus des champs où les gerbes se sont couchées, mordues par la faucille, inactive à présent aux mains brunes des paysannes qui se recueillent.

Le clavier bruit comme des orgues lointaines en harmonies de plain-chant grégorien.

Mais voici le tocsin, la cloche des désastres, des insurrections, des massacres.

Et les accords, sous les doigts magiciens, se font dissonnants, déchirés de cris, chauds de sang en cascades, sinistrement éblouissants de flamme d'incendie.

On y discerne le choc des armes; la gamme chromatique des tumultes chevauche les ondes sonores, la plainte mineure des sacrifiés s'exhale.

Bah! puisque les hommes s'entretuent, il faut en refaire.

11*

Sonnez le gai carillon du mariage.

Enfin le glas implacable,

La fin de tous les émois.

Par quel miracle d'art le musicien obtient-il ces basses qui sont comme des tambours voilés de crêpe, un deuil qui coule sur les touches comme un fleuve noir?

Voici une très véridique anecdote à propos de ces cloches.

Le chansonnier Marcel Guelay, sollicité par un des principaux éditeurs de Paris, lui porta ces cloches, objet de la proposition.

Après un coup d'œil sur la partition, l'éditeur, stupéfait de voir les deux accords indispensables se relayer du commencement à la fin, interroge.

— Où est donc ce merveilleux accompagnement que j'ai entendu, différent à chaque strophe?

— Ha! — rit le barde — c'est Charles de Vivray qui s'amusait à broder des improvisations.

— Eh bien, tâchez de lui faire noter ces broderies, sans quoi je ne prends pas votre partition.

Et le brave barde :

— Il faudrait que vous le lui demandiez vous-même — et si vous vouliez de sa musique, signée de lui, il en a beaucoup produit et il sera joliment heureux de vous en donner à éditer.

Mais l'éditeur ne tient point à avoir de la musique de de Vivray.

Ça resterait en magasin.

Un compositeur qui ne chante dans aucun établissement public, comment voulez-vous que cela se répande ?

XII

CONSÉCRATIONS

« Voici quelques exemples qui t'ouvriront la voie pour juger l'ensemble. »

C'est Fabien qui médite au milieu de la nuit sur des grimoires.

Il en est au chapitre des Consécrations.

« Dans la consécration de l'eau nous rappelons comment Dieu a placé le firmament au milieu des eaux.

« Comment il a fait les eaux instrument de la justice dans la destruction des géants par le déluge, pour l'anéantissement de l'armée de Pharaon dans la mer Rouge.

« Comment il a conduit son peuple à pieds secs au milieu de la mer.

« Comment Christ fut baptisé dans le Jourdain et ainsi purifia et sanctifia les eaux.

« De plus, il faut invoquer les noms divins conformes à cette intention.

« Dans la consécration du feu, rappelons comment Dieu créa le feu pour le châtiment, la vengeance et l'expiation .

« Comment Il apparaît à Moïse dans un buisson ardent.

« Comment rituellement rien ne peut être offert, sacrifié et sanctifié sans le feu.

« Comment il institua le feu gardien du tabernacle et le conserva, inextinguible, sous les eaux.

« On invoque les noms conformes à cette intention. »

Ici, Fabien interrompt sa lecture et s'efforce de dégager la synthèse de ces pages, y trouver un guide pour son problème : la constitution du talisman souverain.

Il constate que la vertu consécratrice est attribuée à une somme de persistance sur le même objet tenace à la fois et diverse, telle une armée

disposée en demi-cercle pour circonvenir l'ennemi.

Afin donc de commander aux éléments, de gou-
verner le destin, il faut investir le talisman conquis de tout un trésor fluidique, de Volonté vierge,
de préoccupations égoïstes.

La plante cherchée pour être le réceptacle désigné pour une telle investiture, — la plante de miracle ÉTAIT TROUVÉE.

Ses guides occultes ne l'avaient point déçu.

A présent, de cette blême racine, il fallait faire
le porte-voix infaillible et mystérieux qui propa-
gerait parmi les espaces la Force créatrice d'un
seul.

Il éteignit la lampe afin que nulle apparence
matérielle ne vînt solliciter ses sens hors le grand
But et s'absorba, sous la lueur faible d'une lune en
son croissant, dans la contemplation du pâle débris qui se tiédissait en ses mains fiévreuses, se
pénétrait de sa vivante température.

Et il commença cette incantation consécratrice :

— Par la Force du Vouloir créateur ;

Par cette Force qui, à l'origine des temps s'appe-
lait Dieu et fit surgir les mondes ;

Par la beauté ingénue du Désir qui transfigure les êtres ;

Par la sublime patience de la graine semée au vent qui, tombée en terre, devient le chêne aux formidables branches et la forêt prestigieuse.

Je t'adjure, *Aïn-Rassoul*, de répondre à mon appel.

Racine, cherchée avec persévérance d'après les indications du Livre, enfin, miraculeusement venue entre mes mains — reçois l'investiture de la toute-puissance.

Et sois vouée à mes ordres souverains.

Objet mystérieux, réceptacle de symboles et de signifiances — je te consacre par le feu et par l'eau.

Je te consacre par les flammes de la Passion splendide qui nous rend semblables à des Dieux ;

Par le souffle de feu qui inspire la Pensée illimitée; égale une minute de vie humaine à tout l'Infini ;

Par le brasier de douleur, par le brasier des enfantements où s'élabore l'œuvre du Rêve des hommes prédestinés ; où, ainsi qu'en un creuset incandescent fond l'or précieux de l'Art;

Par le rayonnement de la Pitié et de l'Amour

qui brillent dans le désert de l'égoïsme comme de secourables Soleils — je te consacre.

Je te consacre par l'eau lustrale des Révélations.

Par l'eau qui demeure impolluée au fond ténébreux de notre âme, où, se réflètent les Vérités immuables — comme les astres au fond d'un puits ;

Par l'eau fécondante des bonnes larmes ;

Par l'océan des pleurs humains, dont le déferlement ne s'arrêtera que sur la grève de la dernière aube terrestre — je te consacre ;

Et aussi, par l'eau pourpre, par les gouttes rouges — le sang versé ;

Le sang des héros et des sacrifices.

Fabien savait à quel signe il reconnaîtrait l'efficacité du charme accompli ; la vertu transférée au Talisman.

Aïn-Rassoul devait tressaillir dans sa main et rendre un son comme d'un triple tintement de clochette, au moment où Fabien prononcerait la parole nécessaire.

Cette parole, il la fallait rencontrer dans le chaos des vocables, sans aucun guide que le seul hasard, le hasard narquois et décevant.

Aussi, accumula-t-il les objurgations, épuisa-t-il les ressources des formes : véhémentes, pathétiques, humbles, exaltées, suppliantes, injurieuses, enjouées, péremptoires, badines, tumultueuses, sereines, simples et boursouflées.

Pour se donner la chance de rencontrer le mot qui allait ouvrir ce coffre-fort incomparable, il remua des mots à la brassée, provoqua toutes les possibilités expressives, secoua toutes les sonorités de la parole.

Dans sa gorge haletante se mêlaient et se heurtaient tous les timbres, comme au milieu d'un orchestre qui cherche à s'accorder, déchaîne, en attendant, une cacophonie lamentable.

Ce fut en vain.

Aïn-Rassoul restait inerte.

Aïn-Rassoul ne voulait rien savoir.

XIII

TOUT LE MONDE EST CONTENT

Lorsque Hélène Romanel sort des bras de Jean
et rentre dans sa famille, c'est un bien-être, c'est
une plénitude de vitalité heureuse qui l'épanouit.

Sa petite Christine lui paraît plus belle qu'avant.

De sa mignonne voix gazouillante, elle remarque
les nouvelles traces de coquetterie avivée depuis
la faute.

Elle fait de judicieux compliments.

— Maman, ça sent dans ton cou comme si tu
étais un bouquet. Tu es encore plus jolie que jusqu'à présent. C'est ça qui est de la chance d'avoir
une jolie maman... Est-ce que tu aurais aimé une
maman qui serait laide ?

Et Jacques — le mari.

Hélène peut sincèrement déclarer qu'elle ne l'a jamais mieux aimé.

A aucun moment l'idée de le perdre ne lui eût paru aussi inacceptable.

Elle remémore, avec un haussement d'épaules, des romans lus où la passion adultère arrive à inspirer aux amoureuses la haine du mari, l'horreur de son contact, une sorte de vertu ridicule en l'honneur de l'amant.

Hélène, au contraire, retrouve auprès de Jacques les meilleures heures du commencement de leur union.

Quelque obscur instinct a-t-il averti le mari qu'il doit combattre pour son rang dans le cœur d'Hélène, ou celle-ci s'est-elle revêtue de prestige irrésistible par la vie puissante de ses nerfs heureux ?

Quoi qu'il en soit, le mari est redevenu l'ardent amant des premières années.

Pour Hélène, Jacques est paré de toute la confiante et innocente ignorance de son secret : magnifié de toute la tragique douleur dont il agoniserait à le connaître.

Elle aime Jacques pour tout son bonheur hors

de lui et pour celui qu'elle reçoit de lui-même, elle l'aime pour le sacrifice qu'elle en fait à l'amant ombrageux lorsqu'il l'interroge anxieusement.

Jacques, sous le stimulant de cette nouvelle flambée, a promptement achevé un livre.

Et c'est le plus excellent qu'il ait produit.

Celui où enfin il s'est trouvé face à face avec son idéal de beauté, réfléchi en le miroir des pages écrites, vivement, comme sous une dictée occulte.

A présent, ce livre, paru, lui apporte de la gloire quotidienne en approbations enthousiastes de la presse, et en succès de vente.

Hélène s'en réjouit, l'applaudit et *s'applaudit*.

XIV

DUPLICITÉ

Fabien et Jean disputent ensemble.

—La sincérité absolue jusqu'envers nous-mêmes n'existe pas dans l'état actuel de notre perfectionnement. Dans nos enthousiasmes, dans nos passions, dans nos douleurs les plus poignantes, il reste en nous un spectateur intérieur pour qui nous posons un peu, nous mentons un peu. — C'est Fabien qui parle.

— Détestable aberration, se révolte Jean de Sainte-Aulde.

— Ce n'est point une aberration, observe-toi, veille à te surprendre en train de t'applaudir mentalement de tel beau mouvement d'âme ou de sens, de telle situation créée par toi et pour toi, dont tu l'approuves, où qui tu te complais esthétiquement; de telle autre que tu travestis à tes yeux par un mensonge que tu te fais, de bonne foi.

— Allons donc ! Cela n'est possible qu'autant que l'on se réserve sa part de soi, délibérément. Comment pourrait-il en être de même lorsque l'abandon de notre être sentant et pensant est complet.

— Cet abandon n'est jamais complet. Dans nos émois les plus vifs, dans nos exaltations les plus authentiques, nous serions surpris si quelque chimiste-psychiste pouvait nous montrer la part du mensonge, isolée de l'ensemble.

— Affreux, affreux.

— La part du mensonge, la part de vérité, — voilà ce qui établit la hiérarchie des âmes et leur degré d'élévation. Nous pouvons espérer un état de sincérité intégrale et nous en sommes plus ou moins rapprochés dès cette vie, sans doute en raison des étapes préalables fournies dans le désir inlassable de la Vérité. Les théogonies hébraïques ont symbolisé le mensonge comme une tare originelle. Par le mensonge le serpent entraîne la première créature hors de l'orbite de la Loi.

Et Jean, devenu anxieux, s'interroge.

Est-il possible que du mensonge se soit mêlé aux transports de sa belle passion?

Non, cent fois non!

Son abandon fut sans réserve; son cœur brûlant de gratitude de pouvoir ainsi se confier à un autre cœur.

Mais sa maîtresse! Mais, cette Hélène, la dispensatrice de sa joie, le miroir cher de ses pensées, l'écho des battements de son cœur amoureux, se pourrait-il qu'il y ait place, entre eux, pour quelque duplicité?

Se pourrait-il que lorsqu'ils plongent leur regard dans les yeux, l'amante de l'amant et l'amant de l'amante, le fond soit loin, caché, trouble peut-être?

Que les lèvres soient seules à prononcer ces paroles qui sont comme du déferlement d'âme?

Et ces silences, plus émouvants encore, pareils à des nefs où plane la ferveur, se pourrait-il qu'en leur pénombre le mensonge rampe tel dans une caverne le reptile?

Il observera désormais.

Il fera taire les palpitements de son cœur éperdu pour qu'il ne puisse l'empêcher d'écouter *l'autre*.

Tous les souvenirs le torturent à présent.

Cette somptueuse flambée des sens chez l'amie, est-il possible qu'elle ne se fût point éveillée, avant qu'il ne vînt, pour quelque autre ?

Et ne prouvait-elle point chez Hélène, surtout, une nature supérieurement douée pour l'amour ?

Était-il admissible que toutes ces facultés fussent jusqu'à ce jour restées inactives ?

Son mari !

Une farouche jalousie mord l'amant d'Hélène. A peine avait-il encore songé au mari.

Et maintenant ?

Maintenant, c'est l'ennemi.

C'est un mâle maudit, un sacrilège mâle qui ose mêler sa chair à la chair d'Hélène.

Cela ne peut absolument être toléré, ni durer un jour de plus.

Il parlerait à sa maîtresse dès demain.

De quoi s'agit-il ? D'être logique.

— C'est moi qu'elle aime, c'est à moi que doit appartenir sa vie, toute sa personne.

Ainsi soliloquait Jean, sorti comme un fou de chez Fabien, sans même prendre congé de son ami.

Hélène l'attendait.

Tout de suite il lui fit l'accueil d'une brute.

— Ne m'embrasse pas en ce moment, si tu veux m'être agréable; tiens, regarde-toi plutôt dans cette glace.

Et il la dirige avec brusquerie vers la psyché.

— Eh! bien quoi, suis-je devenue un monstre de laideur? qu'est-ce donc que tu as, Jean?

— Regarde tes yeux.

— Que leur arrive-t-il à mes yeux?

— Ils sont dans un joli état. C'est une honte... Tu m'as trahi avec ton mari.

— Tu deviens fou.

— Oui, fou d'être jaloux, fou de t'aimer alors que tu ne m'aimes pas.

— Moi? Je ne t'aime pas?

— Si tu m'aimais, tu serais toute à moi.

— Ne suis-je point toute à toi?

— Et ton mari.

— Jean, ne prononce pas ce nom.

— Et pourquoi donc? Toi, tu peux voir dans ton

12

mari quelqu'un qui t'en impose, qui t'est peut-être plus cher que tu ne consentirais à le dire...

— Je ne veux pas que tu me parles de mon mari...

— Mais pour moi ce n'est qu'un homme qui te partage avec moi. Voilà tout, et c'est beaucoup trop.

— Oh! Jean, ne sois pas l'ennemi de notre bonheur! Que veux-tu donc que je fasse?

— Je veux que tu demandes le divorce et que tu deviennes ma femme, ma vraie femme, à la face de tous.

Hélène reste consternée par un vœu qui lui paraît absurde.

— Et mon enfant? murmure-t-elle d'une voix qui sonne *auprès* d'elle ainsi qu'une voix étrangère car, cependant qu'elle parle de sa fille — comme si c'était l'unique obstacle — elle sent très bien que Jacques lui manquerait autant que Cricri et que rien ne saurait les remplacer l'un ni l'autre.

Jean, devant l'évocation de la petite, est tombé dans un trouble extrême, il n'avait pas songé à cela.

•A cet instant, les agitations éprouvées depuis

sa causerie avec Fabien ont une réaction physique
d'enfièvrement, de frissons, de nerfs misérables :
un besoin de retrouver de la chaleur affectueuse
et calmante auprès de l'amie, un refuge de douceur et de caresses.

Hélène, aussi, désire l'enlacement de ces bras
crispés par l'émotion d'une première bourrasque,
l'abandon sur cette poitrine douloureusement pal-
pitante à cause d'elle.

Ils se sont compris d'un seul regard.

Et maintenant c'est le ciel, ces baisers prolongés,
ces mains confondues, cette emprise qui les iden-
tifie en une commune extase.

Quelque chose comme un héroïque essor par
delà le réel ;

Un vertigineux désir de se donner à jamais, de
faire partie intégrante l'un de l'autre.

Chez tous deux c'est le même vœu obscur
d'épuiser jusqu'à l'anéantissement les forces vives
de l'autre, boire jusqu'à la dernière goutte dans la
coupe tendue afin que rien n'y demeure pour le
demain profanateur.

Dans un intervalle d'accalmie, Jean s'essaie à la
confiance, repousse son doute

—Se pourrait-il que derrière ce charmant regard mouillé de volupté il y eût une pensée qui ne fût pas pour moi ?

Soudain, il s'aperçoit qu'au milieu même de ces transports il était resté en lui *quelqu'un* qui approuvait ses actes, un *spectateur* content de voir là, conquise, désarmée et matée par lui, la femme adorée — la femme dangereuse, puisqu'elle était devenue la dispensatrice de la joie et de la douleur, à son gré.

Et il se rappelle sa conversation avec Fabien — sur l'alliage de mensonge qui demeure en nos plus beaux abandons, en notre plus réelle sincérité — il se rappelle cette conversation et il a peur.

XV

LES TROIS CENTS FRANCS DE LA BONNE TANTE

Luce, malgré l'indulgence de sa brave femme de
tante qui habite avec elle et la choie comme une
petite reine, Luce ne peut s'empêcher de garder
dans sa mémoire le conseil cynique de l'amant dé-
serteur.

— Il faut l'empêcher de venir, cet invité sans
l'être... cet enfant non désiré, inopportun... Il
choisit trop mal son heure — avait-il ajouté, ce
sans cœur.

Et ça, par exemple, c'était vrai qu'il venait comme
un pauvre petit chien dans un jeu de quilles.

On proposait à Mlle Luce une tournée de six mois

très avantageuse et dans les principales villes euro-
péennes.

Elle tombe dans une perplexité douloureuse, et
le conseil de son amant lui paraît déjà moins
monstrueux.

Quelle gêne ce serait pour une femme de
théâtre, cet enfant innavouable, et par quoi rachè-
terait-il ses torts?

Luce y retrouvera-t-elle l'effigie d'un épisode
gracieux? Non, la trace d'une gaffe seulement et
le résultat d'une duperie.

Louis, depuis son départ avec la tournée Maurice, n'avait pas écrit une syllabe et une bonne
petite haine à mort naissait dans le cœur de
Luce pour le vaniteux et égoïste bellâtre — dont
héritait l'infortuné fruit de leur défunte passion.

Ce matin, comme la bonne tante Héloïse s'affaire
autour du café au lait, la décision de Luce prend
corps.

Elle ira chez l'habile Mme Z... qui a déjà sauvé la
mise à tant de ses camarades de théâtre.

Elle passe ses mains sur son ventre lisse qui
l'apitoie comme une personne.

— Ventre innocent — lui parle-t-elle de bonne foi — ce n'est pas de ta faute.

Enfin l'idée du petit être lui entre au cœur comme un couteau.

Sera-t-elle le bourreau d'une âme?

Une vie est entre ses mains, a-t-elle le droit de la condamner?

Le droit?

— Bien sûr que j'ai tous les droits sur moi-même, sur mon corps qui est bien à moi. Et puis, ce n'est pas encore une vie, c'est un projet que je ne laisse point se réaliser.

Ces sophismes contentent suffisamment la conscience pas trop rigide de Mlle Luce.

Seule, sa chair douillette, friande de plaisir, horripilée par l'idée de la douleur, souffre en elle et craint à l'idée des contacts violents, de l'attouchement froid de l'acier tortionnaire.

Et le péril possible... la mort peut-être.

— Oh! horrible! horrible! Etre toute seule dans la terre, au froid humide, dans le noir!

Mais les nombreux exemples de réussite chez les camarades la réconfortent.

— Bah! ce ne sera rien.

Elle s'habille fébrilement et la voici prête pour
le déjeuner.

En face de la tante babillarde, la nièce est morne
et silencieuse car, malgré la résolution prise, les
arguments contradictoires radotent en sa cervelle
en désarroi, comme déjà dans le délire commencé.

— Et l'argent — sursaute tout à coup la patiente !
Le prix fixe de Mme Z... c'est trois cents francs.
Où les trouver ?

— Parbleu, la bonne tante, se rassure-t-elle, il
faut lui conter une blague.

Et la blague est trouvée.

C'est une dette à Mme Prin, la couturière.

— Maintenant qu'elle sait que je n'ai plus
d'amoureux, elle a peur pour son argent.

— Voyez-vous ça. Comme si tu avais besoin
d'amoureux quand je suis là.

— Chère bonne tante !

— Et combien lui dois-tu, ma fille ?

— Une grosse somme, malheureusement, trois
cents francs.

— Fichtre de fichtre ! Trois cents francs d'affiquets ! J'aurais préféré les donner pour le baptême

de ton petit — car j'espère que tu feras au moins franchement et bravement une bonne mère.

— Bien sûr, ma tante.

— Tiens, prends toujours les trois cents francs pour la couturière, mais quand je pense que voilà une jupe que j'ai étrennée à ta première commu‑ nion !

— Au théâtre, il faut des frais de toilette, mais vous êtes une bien mignonne tante et je vous re‑ mercie de tout mon cœur.

Quand Mlle Luce, sans corset, monte en fiacre pour se faire conduire chez Mme Z..., elle a la mort dans l'âme.

Jusqu'au regret des beaux trois cents francs qui la crucifie.

— Il y en aurait eu des affiquets, comme dit sa tante, pour ce prix-là. Chère tante ! Si ça ne vous crève pas le cœur d'être forcée de la tromper !

A chaque mouvement des roues, son aversion pour Louis augmente, il lui apparaît maintenant comme un brutal bourreau de sa chair fragile et comme un vil voleur de sa tante.

XVI

AMOUR A LA MER

Jacques Romanel est appelé près d'une sœur malade à Tours et Hélène se trouve seule à Paris pour une semaine.

Elle confiera Cricri à sa grand'mère qui habite Passy et désire depuis longtemps ce gala d'avoir sa petite-fille à elle toute seule durant quelques jours — et, sous prétexte d'un petit séjour de délassement à la mer, elle courra à Jean pour lui donner cette semaine d'illusion conjugale, ardemment convoitée depuis la première étreinte.

Hélène n'aura d'ailleurs menti qu'à moitié ; car ils s'en vont au Havre, fascinés par cette grande harpe berceuse de songes amoureux, la mer, même au Havre sur les plages hérissées de galets où se brise sa large voix en cris farouches.

Ces dramatiques accents plaisent au couple qui, au milieu de ses joies, sent au cœur la sourde morsure d'une inquiétude pour l'avenir.

Particulièrement ils aiment glisser abandonnés à l'arrière d'une barque de pêcheur; d'un pêcheur au cuir boucané qui semble en bois, lui-même, comme sa barque, et ne gêne point leur extase.

Hélène, au moment du départ de son mari, avait éprouvé une réelle contrariété, ressenti péniblement la rupture d'habitude; mais à présent elle est toute au plaisir de cette courte escapade où Jean et elle jouent aux vrais mari et femme.

Cette fine Hélène, aux prunelles candides, serait-elle bigame née, ou bien, est-ce une de ces créatures privilégiées qui savent convertir en bonheur toutes les éventualités.

Elle a, au surplus, la sagesse de ne s'inquiéter point de ces problèmes.

Tout est friandise dans la courte période conjugale avec l'amant.

Le petit lever dans la chambre d'hôtel, avec, sur

le guéridon, le plateau du premier déjeuner, posé
par le garçon philosophe, qui entre tous les matins sans regarder du côté du lit.

Une lumière éblouissante emplit la chambre,
une lumière séraphique, une lumière d'enfance.

Par la fenêtre on voit le matin de la ville provinciale.

Les ménagères emportent du poisson brillant
comme la nacre et des salades vertes entre les
mailles de leurs filets.

Des carrioles attelées d'ânes et les trottineurs
matinaux circulent.

Des enfants nu-pieds soutiennent des charges
de goémon.

Les gens du port promènent, pas trop droit, leurs
premiers petits verres de Calvados et les boutiques
ouvrent leurs volets sur d'affreux articles commé-
moratifs du séjour havrais.

Et, sous la fenêtre même, comme un miracle, la
mer, avec les somptueux mouvements de ses
vagues qui charrient du givre et des fleurs sur la
grève; avec l'effacement paisible de ses arrière-
plans jusqu'à l'horizon.

Puis, dans la chambre, c'est la toilette des amou-

reux, le clapotis au lavabo avec des rires et des espiè-
gleries, des gouttes envoyées au visage qui vient
d'être scrupuleusement séché à la serviette éponge.

— Attends, attends un peu, je vois d'ici passer
un goujon, un goujon très méchant, aussitôt que
nous serons dehors je lui dirai de te manger et il
sera très content.

— Oh ! je sais bien que ce n'est pas vrai —
pouffe la jeune femme — d'abord il n'y a pas de
goujon dans la mer, il n'y en a que dans la friture.

— C'est juste, ce doit donc être quelque autre
poisson du même métal.

Jean passe lui-même le démêloir dans le beau
flot brun, la chevelure d'Hélène, qui tressaille du
contact de sa main ; — puis, subit un soubresaut
de peine en songeant à sa petite Christine qu'elle
aime à peigner ainsi tous les matins.

Cela ne soulève pourtant aucun remords ; la
remarque seulement que la perfection dans le
bonheur est difficile.

> A plein souffle respirante,
> D'un sein puissant et dispos,
> La Mer, alerte, accourt à l'assaut
> De la Grève nonchalante.

13

Les heures pures sont celles promenées sur la jetée, les sens livrés à la paix des vastitudes, bercés par la rumeur puissante de cette respiration du flot, les yeux fascinés par l'enroulement harmonieux des ondes en houles diminuantes jusqu'au ciel.

Les plus proches vagues, crêtées d'écume, alertes et fières, s'effondrent en des bonds rythmiques, accourent, semble-t-il, au bord, portant en offrande aux amants, des gerbes de roses blanches, les lys et les jasmins de leur écume déroulée.

Plus loin, ce sont des colliers de perles susurrant au cou des naïades, rompus soudain d'un doigt prodigue et folâtre, s'égrenant au sein glauque de l'eau.

L'esprit libertin des amants évoque des nymphes effarouchées — trébuchant dans leur tunique — poursuivies par des faunes avides de leur chair vierge.

D'autres fois, c'est le rêve mélancolique de la mer qui les captive, et ces vers du poète, lus à deux, chantent dans leur mémoire :

> La Mer ce soir est comme une lyre
> Rayée de cordes souples par le vent,

Et, sous le ciel troublé
De nuages lents,
Il semblerait que flotte un ample chant.

Chante, onde sereine,
Chante pour bercer
Nos cœurs troublés
Par d'anciennes peines,
Par d'anciens orages,
Nos cœurs troublés
Comme ce ciel où voguent de lents nuages.

A certains jours cette mer est terrible.

De l'horizon brouillé, vaporeux et monotone, la mer, confondue avec le ciel, monte, animée d'une colère sourde.

Les vagues sourcilleuses prennent un élan véhément puis retombent, pesantes, découragées, en cascade d'écume blafarde, avec un bruit de plongeon... un bruit de suicide...

D'autres vagues répondent — on dirait des détonations de canonnade lointaine.

Hélène et Jean sont parvenus à cette période de

la tendresse où l'identification est complète, où l'on *se* chérit l'un dans l'autre.

C'est un avatar et une transposition de l'égoïsme réellement inconscients.

Cette forme, d'ailleurs, est la plus sincère et la plus puissante des formes de l'amour.

Pourtant Hélène se constate parfois *posant* pour elle-même, outrant, sans *son* consentement, une émotion, une parole ou un cri, se complaisant à la supposition perverse d'une surprise par son mari dans telle attitude de bacchante ; en tel abandon voluptueux de soi entre les bras de *l'autre.*

Jean aussi, fréquemment, avec terreur, se rappelle la théorie de Fabien — sur la part du mensonge mêlée en toute âme humaine au désir de la vérité — se prenant, lui-même, sur le fait d'une demi-franchise.

Peut-être est-ce de cela que se compose le condiment le plus précieux de leur ivresse : la mélancolie, le sens du précaire de tout bonheur terrestre, la fragilité de tout trésor conquis.

Philosophie, Mélancolie — rien n'existe plus

lorsqu'ils se retrouvent dans leur chambre saturée d'odeur marine.

Les visions lascives, que la mer écumante et ensoleillée évoqua devant eux, reviennent à leur esprit ; les nymphes, assaillies par les faunes, les nymphes dont la fuite est arrêtée, clouée par la victoire de l'agresseur.

Hélène et Jean, dédaignant alors ce lit d'auberge — profané par d'anonymes sommeils conjugaux ou commis-voyageurs — s'étreignent sauvagement en des attitudes agrestes, tombés au hasard du tapis tendu, qui, par son contact abrupt et rude, leur fait revivre les viols divins, les héroïques possessions des mythologies, au sein des grottes sacrées.

De leur fenêtre à l'heure crépusculaire, ils voient la barque de pêche, hardie et frêle, qui s'en va, dans le soir tombant, sur la route aventureuse, plongeant aux vagues.

Ils songent aux pathétiques départs de matelots pour la lointaine Islande.

Ah ! comme la dernière nuit passée près de la femelle chérie que l'on va laisser seule, que l'on ne reverra peut-être plus, doit être féconde en âpres et tragiques voluptés.

Comme cette étreinte, cet agrippement farouche
d'humbles et robustes amants, stimulé par la
pensée de la Mort, doit être riche en forces créa-
trices de vie nouvelle, de vie compensatrice.

Cette rêverie jette encore Hélène et Jean aux bras
l'un de l'autre et ils goûtent ainsi de complexes et
intenses délices, condimentées d'un goût de tristesse et de peur.

Mais, si le matin, ils voient de leur fenêtre
l'étendue marine, tel un désert éclaboussé d'or et
de vermeil, chantant comme un hymne d'allégresse — à cette suggestion de joie et de vie triom-
phante — la morale pudibonde n'y gagne rien non
plus, car Hélène et Jean se repossèdent encore vé-
hémentement au nom de la joie et de la vie triom-
phante.

Il y a lieu de soupçonner que tout leur est
prétexte aux baisers, aux caresses et aux enlace-
ments suprêmes.

XVII

L'HEURE TRAGIQUE

A la poste restante, une dépêche pour Hélène.
Elle 'n'ose l'ouvrir. Sa pensée alarmée court à
Cricri, s'élance vers Jacques.

Quelque atroce réveil après ce songe délirant
serait-il contenu là.

Oh ! oui, atroce.

Sa fille est morte.

A présent, seule dans le wagon qui l'emporte à
Paris, elle roule dans des abîmes de désespoir et
le bruit rythmé du train lui semble le fracas même
de cette chute.

Son esprit malade se heurte à la *certitude* que
son absence à l'heure du danger est cause de la
catastrophe.

Que, présente, elle aurait pu tout empêcher, retenir par son amour le frêle petit oiseau prêt à l'envol.

C'est donc sa faute si Cricri est morte !

Elle l'a, pour ainsi dire, tuée.

Une haine farouche pour l'amant, une exécration pour son amour monte sourdement en elle.

Tout souvenir voluptueux qui l'assaille diaboliquement, elle en est sûre, est une source d'épouvante, d'horreur et de contrition fanatique.

Elle piétine en elle-même jusqu'à la plus faible trace de ce bonheur abhorré.

— Ah ! grand Dieu ! — articule-t-elle presque tout haut, si le sacrifice de cette passion pouvait au moins me briser de douleur, comme cela me serait apaisant de le faire aux mânes de la chère petite ! Mais non, c'est l'idée de revoir cet homme qui me serait odieuse !

Tous les détails de la brève existence de la fillette, surgissent pour crucifier Hélène, avec une netteté de recommencements réels.

La petite revit avec son espièglerie gaie.

Récemment, pendant un séjour à leur villa,

Christine voulut absolument faire des bulles de savon et acheta à cette fin, en cachette, une pipe au bureau de tabac.

Mais ce fut un four.

Les bulles crevaient avant de naître, malgré la colère de l'enfant qui, les joues emplies d'air, comme un petit dieu des vents, soulevait une furieuse tempête écumante dans son petit bol.

Et le public de parents et de voisins qui assistaient à la séance, raillait Christine :

— Qu'est-ce que tu l'as payée, ta pipe ?

— Dix sous, avouait l'acheteuse, pas fière.

— Eh ! bien, qu'est-ce que tu vas en faire maintenant ?

— Tu aurais mieux fait d'acheter dix sous de bonbons.

Ici, Cricri éprouve le besoin de sauver son amour-propre, en déclarant qu'elle est ravie de son acquisition, que c'est un joujou épatant, qu'elle ne s'est jamais tant amusée.

Pour le prouver, la voici dans des attitudes crânes, suçant le tuyau de la pipe, le faisant virer dans ses quenottes.

Et rien n'est comique comme cet accessoire de

roulier au bec délicat d'une gosseline fragile
comme une figurine de Saxe.

Le cœur d'Hélène est déchiré de glaives en re-
mémorant les câlineries sensuelles de la petite venant respirer dans le cou de la jeune mère les parfums dédiés à l'amant.

La conviction du sacrilège commis, de crime ir-
réparable consenti lâchement, opprime ses pensées jusqu'au vertige.

Pas une larme ne vient à ses yeux et c'est une
aggravation du supplice.

Il semble qu'une ébullition d'éléments de douleur se fait à couvercle scellé, prêt à faire éclater
le vase, l'éparpiller en débris.

Cette idée d'anéantissement est d'ailleurs la
bienvenue et, naïvement, Hélène espère qu'elle va
mourir de son chagrin.

Une nouvelle conjecture épouvantante s'ajoute à
l'agonie subie.

— Jacques, ne la trouvant pas auprès de la petite morte, n'en recevra-t-il pas l'occulte avertisse-
ment de la trahison ?

La voici devant sa porte.

La voici devant le petit lit, couvert de fleurs immaculées.

Et Jacques, au milieu des sanglots, lui murmure, en tenant ses mains :

— Pauvre mère ! Pauvre chère Hélène !

A ce moment-là, seulement, les yeux de la suppliciée fondent en eau intarissable.

TROISIÈME PARTIE

LES DEUX KÉROUBS

I

MISÈRES D'AMOUR

'Jean de Sainte-Aulde, sentant l'irrévocable
entre Hélène et lui, souffrait une affreuse nostalgie de sa maîtresse sous la forme d'une exacerba-
tion sensuelle, qui le jetait aux plus meurtrières
débauches.

Il connut la poursuite par les rues sombres de
louches promeneuses ; les colloques brefs, ter-
minés parmi les draps moisis des hôtels.

Son être intime saignait dans ces macabres pa-
linodies, dans ces sinistres caricatures de l'amour.

Le libertinage plus maquillé de gaieté avec les
soupeuses professionnelles, ou les firmes acha-

landées de la prostitution, le plongeait dans une mélancolie plus noire encore.

Tout aveu involontaire, de la part des séductrices brevetées, de leur vulgarité, de leur banalité ; tout enjouement en toc, tout étalage de sensualité en simili, le rejetait avec épouvante, avec révolte, au souvenir de la femme exquise dont il avait possédé la passion.

Les cabotines lui firent concevoir quelque possibilité de leurre, de demi-illusion.

Mais ce fut pire encore.

Boursouflées de vanité, comme des outres, elles n'avaient d'aérien que ce gonflement fallace.

Vite, il devint dans la promiscuité latente de ce monde public, la poubelle aux potins stupides et malveillants, le dépôt aux éloges chantés par chacune en sa propre faveur, souvent avec une révoltante comédie de modestie apocryphe.

L'absence de tout enthousiasme, même pour leur profession, les jugements de brebis malades portés sur les choses d'art et même de théâtre l'écœuraient ; ainsi une pièce où on a ne fût-ce que vingt mots à dire est invariablement un chef-d'œuvre, celle où l'on ne joue pas, une machine.

Infecte ; si le chef-d'œuvre en question aboutit à un four, on l'avait prédit, on avait tout fait pour rendre son rôle.

Tout cela excéda à mort Jean de Sainte-Aulde et rien que le relent des couloirs et des loges lui devint débilitant comme une odeur d'amphi-théâtre.

Il tombait harassé, ayant soif de pureté, de sur-naturel et de l'extra-terrestre.

Fabien ! — cria-t-il — Fabien ! à mon secours !

II

ELLE ÉTAIT SI BLONDE

Au cabaret des *Trente-six-Métiers*, on fête la décoration d'un pitre.

Ce gala se passe en dînant à une grande table composée avec plusieurs petites — dont le destin habituel est de supporter bocks, absinthes, amers Picon des consommateurs — et que l'on a reliées avec des allonges pour la circonstance.

Autour du héros du jour : tête en vessie de saindoux, jaunie à la lutte — facile pourtant, à coups de productions grivoises, d'une malice aussi fine qu'une corde d'amarrage — il y a là M. Broiegravas, M. Edmond Julep, M. Fiole-de-Bois, M. Bourda et le barde Guelay.

Ils sont là, tous, crevant de jalousie, pétrifiés, pourtant, d'admiration pour le roublard enrubanné.

Leur admiration s'augmente du mépris qu'ils ont pour sa valeur.

— Faut-il être malin tout de même et bien en cour ! se disent-ils humblement et envieusement.

On n'en est encore qu'à l'apéritif et quelques consommateurs s'attardent aux tables restées libres.

D'Erinès, le journaliste, vient de préparer artistement son absinthe, lorsque M. André Labarbe, le poète rosse, fait son entrée triomphale.

D'Erinès suppute qu'il a déjà eu l'avantage de rencontrer M. Labarbe quelque part, il ne sait pas au juste où, car celui-ci l'aborde avec une haute bienveillance.

— Tiens ! vous étiez là, d'Erinès ? Et comment va ?

— Merci, et vous-même ?

— Ne m'en parlez pas, cher ami, je ne sais où donner de la tête, j'ai des chansons de commandées pour huit établissements nouveaux, c'est après mon grand succès aux *Vadrouillards*, vous savez ?

— Non, je ne suis pas au courant.

— J'ai eu la faiblesse de promettre — parce que c'est très bien payé — mais je compte ne pas m'attarder dans ces vétilles. Claretie m'a écrit une lettre de supplications pour me demander trois pièces en vers : avec ça mes vingt actes en train, dont je n'ai pas écrit le premier mot.

D'Erinès pouffe intérieurement devant tant de sotte outrecuidance, il réplique néanmoins :

— A propos de théâtre, avez-vous vu la superbe pièce de de Curel chez Antoine ?

— Oh ! Antoine, je suis son chouchou, son benjamin, il ne jure que par moi.

D'Erinès, dégoûté de ce perpétuel retour à soi du vaniteux imbécile — qui fait songer à une broche tournante où rôtirait une volaille — plonge le nez dans le journal, puis, le relevant, il hasarde encore, fasciné par la laideur d'âme de son interlocuteur et comme pour se faire le pari que tout sujet ramènera M. Labarbe à lui-même.

— Que pensez-vous de cet atroce drame : le suicide de toute une famille, sans même la misère pour l'expliquer ? Ne trouvez-vous point que c'est un cruel signe des temps ? La lassitude, le tarissement de toute force d'espoir, de toute joie vivace, l'usure de l'énergie et du courage...

— Ah! des drames! — interrompt M. Labarbe, — j'en ai en train aussi pour l'*Ambigu*; j'ai même déjà touché un trimestre de billets d'auteurs à l'avance.

— Je viens de voir cet après-midi, — poursuit d'Erinès, qui résiste (à tort) au désir d'envoyer une claque à M. Labarbe, — je viens de voir une exposition de dessins chez un éditeur nouveau, qui veut la résurrection du vrai livre de luxe et d'art...

— A propos d'illustrations, — réinterrompt M. Labarbe, — ça va être un événement parisien, ce duel qui se prépare entre deux dessinateurs se disputant à qui illustrera mes *Colloques à la mauque*, prêts à paraître...

— Où donc? lâche d'Erinès, abruti.

M. Labarbe, pincé au demi-tour, mais ne s'embarrassant point pour si peu :

— Je ne suis pas encore décidé.

D'Erinès, ayant voué au diable le saumâtre crétin et replongé dans son journal, le quitte et rêve tout haut :

— Encore des scandales navrants! Pauvre conscience publique en décadence ! Avec quelles mains pieuses et purificatrices les maîtres du verbe contemporain devraient-ils toucher à tes maux !

— Meaux ? — saisit au vol M. Labarbe. — Oui, notre prochaine tournée passera aussi par Meaux et Château-Thierry... Je vois qu'on se met à table, et vous-même vous voilà parti ? Au revoir, cher ami ; vous ai-je dit que j'avais aussi deux livrets d'opéra pour Monte-Carle et un ballet pour le Cristal Palace ?

A présent, on dîne en famille artistique.

La conversation sur le tapis — tandis que le garçon présente les membres calcinés d'une poule patriarche — est la récente aventure de ce pauvre de Vivray, pas de chance décidément.

— Vous savez — le barde Guelay entame le récit (en même temps que de son couteau la presque invincible cuisse de volaille qu'on vient de lui servir) vous savez, que dans l'auteur du Livret du *Palais d'Istar*, un bien joli livret à thème indien, le sort avait enfin donné à de Vivray un commanditaire, car cet auteur, le marquis d'Hennieu, était riche. Ce fut donc avec une belle

flambée d'enthousiasme que le compositeur, sûr
d'être joué, écrivit une admirable partition et
l'orchestra précieusement.

— Oh! j'en connais des fragments qu'il joue ici,
souvent, pour boucher un intervalle entre deux
chansonniers — témoigna M. Fiole-de-Bois.

— Ça n'alla encore pas tout seul — poursuivit le
barde — le placement du *Palais d'Islar*, malgré la
commandite prête; les directeurs, flairant une
chose d'art, se méfiaient naturellement et supersti-
tieusement.

— Il fallut — intervint M. Broiegravas — le con-
cours d'un godailleur de peintre de leur connaissance pour les aboucher avec le directeur de
Paris-Théâtre qui fit mettre le ballet en répétition.

— Ah! que c'était joli ces répétitions! reprend
le barde (en même temps que du cresson dans son
assiette). J'en ai vu quelques-unes; de Vivray di-
rigeant l'orchestre, isolé du monde, et l'auteur,
sur le théâtre, donnant des indications de mise en
scène — interrompu tous les quarts d'heure exactement pour verser quelque somme nouvelle.

— Les frais du ballet, naturellement — ricana

M. Fiole-de-Bois, en broyant un os de pilon, à belles dents méridionales.

— Oui, naturellement ; c'était le décorateur qui demandait un acompte, le costumier présentait sa note, etc...

Et de mes yeux, j'ai vu dans les couloirs, les créanciers personnels du directeur : tailleur, carrossier, marchand de chevaux — s'en aller satisfaits.

— C'était un bien honnête directeur ! — s'extasia M. Broiegravas en se versant à boire.

— Parbleu, puisqu'il payait ses dettes.

— Avec de la monnaie qui ne lui appartenait pas.

— Le marquis d'Hennieu — continua le barde — n'était pas loin de sa ruine — le *Palais d'Istar* lui ayant fait débourser deux cent mille francs — lorsque approchait la date de la première représentation.

— Qui n'eut pas lieu, comme on sait — interrompit M. Bourda qui paraissait en être ravi.

— Le directeur ayant choisi justement cette date pour faire un voyage d'agrément, la conscience en paix, ses propres dettes payées...

— Malproprement,— s'esclaffa M. Edmond Julep, enchanté de sa calembredaine.

Mais à ce moment, il faillit s'étrangler avec un fil laissé dans les haricots verts.

M. Fiole-de-Bois, qui venait d'en trouver un autre, en le remisant au bord de son assiette, rigola :

— Ah ! ce n'est pas le haricot sans fil !

— Le frère cadet du télégraphe sans fil — insista M. Julep ayant fini d'étouffer.

— Oui, le haricot vraiment moderne, le dernier mot de la science.

— Culinaire — compléta le barde. — Pour en revenir à l'affaire de Vivray — continua-t-il — le soir de la première, les artistes, l'orchestre, les machinistes, le corps de ballet, etc., bernés depuis plusieurs semaines, refusaient de marcher sans argent.

— Et l'argent était en route vers les Etats-Unis.

— Bah ! les victimes se sont consolées en se mariant entre elles.

— Comment ça ?

— Mais oui, le marquis a épousé la fille de son

14

collaborateur de Vivray — sûr de n'être point pris pour sa fortune puisqu'il n'en avait plus.

La salade circula à ce moment.

— On ne voit plus Luce Fauvet. Qui de vous connaît de ses nouvelles ?

— Comment, tu ne sais pas que Luce est alitée, dangereusement malade, et peut-être morte à l'heure qu'il est ?

— Pas possible ! Qu'est-ce qui lui est donc advenu ?

— On parle de fausse couche ou d'avortement; est-ce qu'on sait jamais au juste ?

— Pauvre Luce; elle était si blonde ! conclut le barde en entamant une calotte de mensongères groseilles.

III

FLEURS ROUGES

C'est vrai que Luce va mourir.

Elle en éprouve une rude déception, mais s'étonne surtout qu'une chose aussi grave puisse lui arriver à elle, tête de linotte, qui n'a jamais eu le temps de rien prendre au sérieux.

Toute émaciée par les hémorragies, elle est là, étendue dans un lit éblouissant de lingerie de luxe — sa grande coquetterie d'amoureuse — pâlotte et menue comme une jeune sainte.

L'imminence de la fin, les tragiques péripéties de la mortelle aventure, le conflit des regrets et des incertitudes — tout cela n'a plus aucune place dans l'esprit lassé de la malade.

Une âme puérile est revenue en elle.

La tante Héloïse, devenue un spectre de la douleur, son honnête embonpoint abattu en un rien
de temps sous le coup de son chagrin quasi-ma-
ternel, et de son horreur pour la meurtrière turpi-
tude dévoilée — la tante Héloïse se plie avec fana-
tisme au moindre caprice de la mourante, qui la
tyrannise tendrement.

— Tante, je voudrais bien de la tomate crue.

— Ne parle pas, mignonne, ne te fatigue pas, tu
en auras.

— Oh ! je sais bien qu'il n'y en a pas encore,
mais je m'en fiche, moi, est-ce que j'ai le temps
d'attendre la saison ?

Et la tante, affublée d'un hideux waterproof s'en
va à pied, sous la pluie, chez les fournisseurs des
richards acheter le légume convoité.

Au retour.

— Je n'en veux pas, ma tante.

— Mais, fifille, tu en avais une si grande envie.

— Ai-je vraiment dit que j'en avais envie ?... Tu
as dû mal comprendre... je n'ai plus envie de rien...
que de dormir.

Et, dans le sommeil enfiévré, des lambeaux de

chansons, chantées autrefois, marmonnent sur ses lèvres exsangues :

Voici la Noël, faites la veillée,
Voici la Noël, faites la veillée,
Nos amants seront tous à l'assemblée.

La tante pleure silencieusement.

Un jour pluvieux pose un badigeon grisâtre sur les murailles coquettement tendues de cretonne à bouquets, enlise les objets et les efface.

Comme cette enfant folle, tout, sans doute, va rentrer dans le néant.

Luce se réveille en sursaut, les yeux luisants.

— Vite, ma tante, mon miroir.

— Voilà, fillette. Oh ! tu es toujours bien mignonne et jolie.

— Vite, mon sac au maquillage... Je suis vraiment bien pâle... C'est curieux... Je mettrai du rouge... Et puis je n'ai que le temps... on a frappé les trois coups et je suis du *un*.

Tante Héloïse frémit jusqu'aux cheveux... c'est le délire, c'est la fin.

Déjà la moribonde s'est dressée debout, sur sa

14*

couche, perdant son sang comme une bête à l'abattoir, le piétinant sur les draps, sa longue chemise de nuit éclaboussée des sombres pivoines qui ont épuisé sa vie et, avant que sa parente ait pu la soutenir, elle roule hors du lit, sonnant du crâne sur le plancher.

Morte !...

IV

LE TALISMAN

Fabien, ce soir-là, annonça froidement à Jean de Sainte-Aulde, que son talisman tant cherché était dans ses mains.

Jean, malgré sa tristesse, trouva un faible sourire de raillerie.

— Forme un vœu, clama coléreusement Fabien, — un vœu, quelque absurde qu'il soit, et donne-moi la main pour que je te mette en communication avec mon talisman que nul regard humain ne doit atteindre.

— Je veux — dit alors Jean — moi, oisif passant de la vie, je veux — sans en avoir acquis le droit par des années de veilles et de passion assidue, sans avoir usé mes yeux sur les travaux accomplis par les autres hommes pour être autorisé un jour à juger du mien — je veux produire une œuvre, qui me fasse boire la gloire comme un souverain et toxique breuvage, qui m'étourdisse de bruit afin que je n'entende plus mon misérable cœur pleurer et geindre après l'impossible bonheur.

— Rentre chez toi — dit Fabien.

Depuis ce jour Jean fut infatigablement harcelé du désir de s'asseoir à sa table devant du papier blanc.

Ce furent d'abord de molles rêvasseries avec la plume en marge imaginaire de la feuille.

Des tracés incohérents de bonshommes, mal debout ; de maisonnettes à toits en ogives, de chevaux marchant sur toutes leurs pattes à la fois.

Un jour, cependant, il écrivit, d'un trait, quelques lignes qui le satisfirent tout de suite.

Des récriminations d'enfant naïf — qui hait l'injustice instinctivement — contre la pénurie du bonheur.

Puis, tous ses griefs se personnifièrent devant ses yeux, symboliques, ou réellement rencontrés sous forme humaine dans le monde.

Des acteurs évoluèrent, se confrontèrent sur un tréteau soudain surgi.

Et, d'une haleine, Jean écrivit un drame moderne d'une haute beauté et paré de toutes les malices du métier.

Il replia le manuscrit et reconnut que dans ce travail, quoique produit avec un secours surnaturel, il avait trouvé un apaisement puissant.

Mais, bientôt l'obsession de mettre son œuvre au jour public, l'attaqua avec violence et ne le lâcha plus.

Cela d'ailleurs ne fut pas difficile de placement.

Le directeur choisi, presque au hasard, fut si émerveillé, qu'il ajouta après avoir signé pour une date très proche :

— Quelle chance que vous soyez venu juste aujourd'hui, car je devais ce soir même signer avec le musicien de Vivray et son gendre le marquis d'Hennieu pour un drame musical d'une formule toute neuve. Tant pis pour lui. J'aime mieux votre pièce. Il attendra.

V

DANS LES COULISSES

Les répétitions commencèrent bientôt.

Et ce devint pour Jean une existence haletante, des journées brûlées en un clin d'œil comme du papier de soie.

C'en est fait de l'apaisement trouvé dans le seul travail.

Toutes les forces de son vouloir, toutes ses éner-gies d'espoir, sont livrées à merci aux mains des comédiens chargés de vivre son ouvrage.

Toute intonation fausse ou sotte, qui ruine l'ex-pressif de son texte, lui est comme un soufflet.

Il n'a d'ailleurs aucune autorité sur les comé-diens qui méprisent en lui l'auteur débutant.

— Dites-moi — syllabise, en s'envoyant les mains au bas du dos, l'étoile, Mme Royalty, en réponse à une timide observation de Jean — dites-moi, mon cher auteur, vous êtes-vous déjà vu souvent répéter ?

— Non, certes, c'est ma première pièce.

— Alors, permettez-moi de penser que je m'y connais mieux que vous aux effets à produire sur le public.

Et la répétition continue avec des nonchalances de torchon mouillé et des mollesses de macaroni trop cuit — la plupart des gens de théâtre ayant pour principe de réserver leurs *moyens* pour la première, quand ce ne serait qu'afin d'éviter de se faire *piger les trucs* par les copains.

Et Jean est submergé par le dégoût de son œuvre, se demande s'il n'est point, lui-même, le fauteur de toute cette ridicule et incohérente combinaison ; faciès d'imberbes sires, plafonnant en des attitudes outrecuidantes, en chapeaux de haute forme renvoyés sur l'arrière-crâne ; jeunes filles pures en costumes de cocottes, avec des voix de soupeuses, attendues par leur Monsieur qui drogue dans le four noir de la salle, en gants caca-decaniche, ou par leur bonne habillée comme une marchande à la toilette — leur mère, sans doute, déguisée en bonne.

Jean est devenu excessivement malheureux.

Et, pourtant, il voit la possibilité d'un labeur intéressant, une sorte de collaboration de l'interprète avec l'auteur pour la poursuite de l'effet infaillible qui ne saurait être l'aubaine d'un simple emballement fiévreux de la dernière heure, mais le résultat de recherches raisonnées, de jugement sûr, fixé ensuite dans la mémoire comme le texte lui-même, avec méthode.

La première, qui est un gros succès, met fin à ces misères.

VI

UNE AUTRE BELLE PREMIÈRE

La pièce tient l'affiche depuis plus de trois mois
déjà et Jean s'habitue fort bien à son auréole d'auteur en vogue, étonné même de ne pas en éprouver
plus d'orgueil et d'être demeuré douloureusement
sensible aux petites choses mesquines de l'emploi,
à la part cabotine que l'on est forcé de fournir soi-
même.

Le souper de la centième lui est une odieuse cor-
vée.

Et, comme bouquet, il apprend que de Vivray
vient de mourir dans le dernier dénûment ; que
l'on recueille dans les ateliers des peintres et scul-

teurs de quoi organiser une tombola au bénéfice
de sa veuve.

Et il reste frappé d'un souvenir néfaste :

Sa première entrevue avec le directeur qui prit
sa pièce au lieu de celle verbalement reçue de de
Vivray.

Cette mort du grand artiste découragé et misérable est peut-être avancée, peut-être causée par
cette dernière déception.

Jean de Sainte-Aulde s'abomine et maudit Fabien avec son talisman ironique.

Demain, il portera l'or inutile, amassé si facilement par le succès de sa pièce, à l'œuvre entre-
prise pour la veuve.

Cela ne réparera rien, hélas !

Grâce cependant à cette offrande, de Vivray a
des funérailles mieux que royales.

Dans la nef de Saint-Pierre de Montmartre, la
paroisse du défunt, une innombrable foule pitto-
resque.

Tout le monde artiste de Paris ; chefs d'orchestre, instrumentistes, chanteurs ; poètes, journalistes ; monde des théâtres.

Elégantes toilettes noires de cantatrices et de comédiennes, ballerines qui avaient connu le maître chef d'orchestre aux *Folies Bergère* de Rouen, devenues étoiles parisiennes depuis — les paupières authentiquement rougies de larmes.

Redingotes sévères de directeurs et de soiristes.

Après les répons du rituel, voici qu'au milieu de l'office des Morts des voix merveilleuses dans le chœur, des soli féminins, des ensembles impeccables, des voix célèbres chantent les œuvres écrites par le Maître disparu.

Ces compositions n'ont rien que de puissamment en harmonie avec le lieu saint et l'heure tragique, par leur pure et grave beauté, par leur suave mélancolie.

La foule — j'allais dire la salle — est écrasée d'admiration et d'émotion.

L'orgue seul, par intervalles, rapsodie pieusement des phrases éparses et les harmonies rares trouvées par de Vivray qui avait recueilli, pour en faire de hauts chefs-d'œuvre, l'inspiration populaire des vieilles chansons.

On reconnaît les *Cloches de Nantes*, obsédantes, tremblantes d'effroi, frissonnantes — comme ce

prisonnier dans son cachot dont elles sonnent la
mort pour l'aube de demain. Mais la fille du geô-
lier aime le beau prisonnier; elle tranchera ses
liens et le délivrera. C'est fait.

Le prisonnier alerte,
Dans la Loire a sauté.

Les cloches sonnent sa délivrance et les sanglots
dans l'église se font entendre plus nombreux.

On pense aussi à la délivrance de la pauvre âme
admirable qui ne put rompre les liens cruels du
mauvais sort que par le trépas.

La voici sa *première* triomphale, en vain atten-
due pendant la vie.

Hélène Romanel, dans une chapelle latérale,
pleure l'artiste et l'ami; pleure aussi sur elle-
même.

Depuis la perte de son enfant, c'est dans la tristesse seule qu'elle a trouvé quelque douceur.

Le gris des jours, le poids des ténèbres de la
nuit, lui ont été comme un baume, comme un
opium bienfaisant.

Un obscur espoir germe en son cœur : d'un autre
enfant à mettre entre les bras du mari spolié, du

mari devenu l'objet d'une dévotion contrite où elle goûte des charmes spécieux.

L'amant qui avait réveillé parmi ses nerfs sages et pondérés cette flambée de passion, si cruellement punie par le ciel — c'est ainsi qu'elle s'explique la perte de Christine — l'amant est loin de ses pensées et lui inspire, lorsqu'elle y songe par hasard, de la terreur seulement.

Certains souvenirs pourtant sont recueillis, souvenirs de tendresse — chastes à force de douceur — et l'aident à guérir lentement.

Déjà, elle se surprend à goûter les sensations exquises des convalescences.

Oh ! comme elle est bien résolue à ne jamais plus laisser entraîner la barque de ses souhaits, très simples, vers le large, dans l'orage et les souffles violents.

L'office funèbre est terminé.

La foule s'écoule vers la porte.

Hélène reçoit alors un coup très douloureux à l'âme d'avoir croisé un regard avec Jean de Sainte-Aulde.

VII

VŒUX AUDACIEUX, VŒUX FUNESTES

— Fabien — prononça Jean, d'un air vanné, en
se renversant au fond d'un fauteuil, chez son ami
— Fabien, je reconnais l'extravagante vertu de ton
talisman, mais je ne suis pas ravi par la réalisation de mon vœu.

— Il n'y a là rien qui m'étonne.

— Mon vœu audacieux fut imprudent aussi.

— Cela arrive trop souvent.

— Au lieu du bonheur attendu, c'est beaucoup
de chagrins que je me suis attirés, de regrets et de
déboires.

— Mon talisman n'en est point fautif, tu étais
maître de tes souhaits.

— Il se pourrait que cela nous soit funeste d'être l'arbitre de notre destin.

— On peut former cette hypothèse et que le bonheur, ce ne soit que l'effort vers le bonheur.

— Comme tu parles amèrement, Fabien, toi qui tiens le pouvoir de réaliser tous tes désirs, en changer autant de fois qu'il y a de secondes dans une journée.

— Ne parlons pas de moi.

— Je n'avais point encore remarqué combien tu es changé depuis peu de temps ; pâli, maigri, inquiet... Serais-tu malade ?

— Non, mais moi aussi j'ai erré parmi les souhaits dangereux et me suis attiré des calamités.

— Toi aussi ? Et comment ?

— J'ai une mère très âgée qui habite la Bretagne, une mère que j'ai eu si peu le temps de voir au milieu de ma vie envahie de préoccupations, de curiosités ardentes. Le mois dernier, la mort s'était assise à son chevet ; une langueur éteignait doucement les jours de la veuve qui me parlait en des lettres touchantes de sa prochaine réunion avec le mari, parti le premier, mon bon père naufragé sur le *Vainqueur*. Egoïstement, j'ai frémi. Je ne la

verrai donc plus, cette mère si tendre, que j'ai eu
si peu le temps de chérir ! Et, de par mon talisman
tout-puissant, j'ai ordonné à la mort de fuir cette
proie presque conquise. Et ma mère se reprit à la
vie.

— Voilà un vœu qui n'a pu te laisser aucun regret.

— Eh ! bien, tu te trompes, Jean.

— Se peut-il ?

— Depuis, j'ai revu ma pauvre ressuscitée accablée d'affliction et de nostalgie. C'est une déception
pour elle ce retour à la terre, une tyrannie cet
ordre de vivre. Son compagnon qui l'attendait,
dont elle entrevoyait déjà sur l'autre rive l'affectueuse silhouette lui tendre les bras ; celui qui est
veuf d'elle parmi les sphères extra-terrestres,
tandis qu'elle porte de longs voiles noirs ici-bas,
son mari, saintement aimé — c'est comme si elle
l'avait perdu, dit-elle, pour la deuxième fois.

— Ah ! Je n'aurais point songé à cela !

— J'ai donc imposé, à ma mère, des jours im-
portuns, des jours de tristesse et de regret.

— C'est la vérité !

— Et dans l'avenir, lorsque, pitoyablement, je

délierai cette âme prisonnière, toujours par la vertu de mon talisman, je ne pourrai m'empêcher de voir en moi un assassin et un parricide ! Songe donc! C'est de moi seul que doit venir, maintenant, l'*initiative* de cette heure finale.

— Il n'est pourtant pas admissible que nous ne sachions former que des souhaits funestes.

— Je commence, au contraire, à le croire; et que la limite posée par le Destin à nos désirs est une limite à nos maux.

Nos Espoirs, battant infatigablement des ailes aux parois des Ténèbres et des Incertitudes — voilà le meilleur de notre lot ; notre bien le plus assuré et que nul échec ne peut nous ravir.

— Cependant, Fabien, je suis moins désenchanté que toi sur ton talisman du Vouloir tout-puissant, et je veux y avoir encore recours pour réaliser un vœu dont je ne saurais me repentir.

— Prends garde, Jean, ne forme plus de vœux, crois-moi. Laisse venir à toi la quotidienne aventure, avec confiance, avec une naïve curiosité, comme l'enfant qui met son sabot dans la cheminée de Noël.

15*

— Non, mon ami, ce vœu nouveau, ce vœu définitif me donnera le bonheur certain.

— Quel son ironique rendent ces mots : Bonheur
certain !

— Ne me refuse pas ton aide.

Et tandis que Fabien, docile, prend la main de
son ami pour accomplir le rite de la communication mystérieuse, Jean parle :

— Je veux revoir Hélène Romanel. Non point à
l'état de vision évoquée, non point à l'état d'illusion telle qu'elle m'a charmé au premier temps de
l'emprise, — mais Hélène vivante et réelle, asser-
vie dans son propre vouloir par la force de mon
désir qui l'aimante et la force à me revenir. Je la
veux frémissante sous ma caresse telle que je l'ai
possédée pendant la période bénie de notre mu-
tuelle passion. Je la veux attirée irrésistiblement
à mon baiser qui a soif de ses lèvres.

VIII

L'INJONCTION

Et Jean s'enferme chez lui, la pensée projetée vers cette Hélène, au loin, qui lui échappe par sa nature timorée, trop logique ; par sa peur du compliqué et de l'intense.

C'est en vain pourtant.

Et il commence à mettre en doute l'efficacité du talisman, lorsque, par un soir triste — dont la lampe paraît impuissante à soulever la lourde pénombre — à peine a-t-il ouvert un livre où son attention cherche avec effort à se fixer — la portière glisse avec un bruit fin et voici devant lui

Hélène, sans parole, lui plongeant dans les yeux
ses yeux clairs.

— Est-ce toi, Hélène, ou bien est-ce ton apparence tant convoitée par mon amour ?

— C'est moi-même, Jean. Je n'ai pu résister à
ton injonction... mais j'ai bien souffert... c'est mal
de m'avoir appelée... Je souffre encore plus d'être
là !...

— Oh ! n'aie point de rancune contre moi, Hélène, ma vie !... Tu es devenue toute ma vie...
comment veux-tu que je renonce à toi ?

— Jean, ô mon amant douloureux, moi aussi je
suis sans force, ainsi, sur ta poitrine... Mais je sais
que nul bonheur ne peut plus nous venir de cet
amour taché de larmes... obscurci de remords.

— Oublions tout, Hélène adorée ! Tout, hors
nous-mêmes... Ne soyons plus qu'une force d'extase surhumaine... Dérobons à la vie incohérente
et mauvaise sa seule part de vérité : la joie de
notre chair identifiée par l'implacable, par le féroce Amour... Il nous l'a fait payer, cette joie,
déjà, de tant de tristesses ! Il nous la doit... il nous
la doit.

Déjà, dévêtue, Hélène sent fondre toute sa résistance, tout son désespoir même, — comme une neige au soleil — dans la chaleur vivante des bras qui l'étreignent, du sein qui frémit près du sien, des baisers qui la possèdent.

Le cercle des pensées de Jean est fermé sur les détails de l'être qu'il enlace. Rien n'existe au delà.

Tous les reliefs de ce corps adoré sont comme de triomphantes strophes, et comme des cimes illuminées d'une généreuse clarté ; tous les retraits, de voluptueuses cachettes d'amour où il retrouve, comme un trésor enfoui, le parfum de son rêve éperdûment regretté.

Leurs baisers sonnent et retentissent au fond de leur délire comme des cystres dionysiaques ; leurs baisers sont comme des coupes avidement penchées, pleines d'un vin de folie.

Mais bientôt les nerfs en désarroi subissent les perversions morbides, les vertiges meurtriers.

Il y a là des élans de l'un à l'autre quasi haineux, des baisers ennemis qui ensanglantent.

Puis des attendrissements dans les pleurs d'une mélancolie sans fond, d'un gouffre de mélancolie où leur Amour s'est abîmé, flétri par le contact des réalités, défleuri par l'âpreté des exigences charnelles ; son essence divine vaincue par la trouble matérialité, ivre et démente de se savoir éphémère.

Ce fut leur dernière rencontre.

IX

A FOND DE GOUFFRE

Hélène, en rentrant chez son mari, avait au cœur
un désespoir qui n'était comparable qu'à celui
dont elle fut foudroyée par la mort de sa fille.

Une rancune farouche contre elle-même, l'affo-
lait, une révolte contre l'impuissance de sa volonté,
le sentiment de l'absurde consenti contre son gré,
où avaient sombré, saccagés, profanés, les plus
chères reliques de son passé.

Jacques, pour la première fois, l'accueille d'un
air sombre et défiant qui fait tournoyer dans
l'esprit d'Hélène des conjectures angoissantes.

Aurait-il eu, ce mari aimant et confiant, ce jour-là seulement, l'obscure intuition de son malheur ?

Elle est rassurée en le voyant venir à elle ardent, comme obsédé de pensées dont il chercherait le démenti dans les bras de sa femme.

Brisée de repentir et de regrets, mortellement lasse, Hélène s'abandonne, ayant honte et horreur de cette promiscuité.

Peu de temps après, elle s'aperçoit que son souhait ancien est réalisé, à présent : une vie nouvelle a tressailli dans ses flancs.

Mais, en même temps, une rosée d'agonie baigne son visage devenu pâle comme le visage d'une morte.

Elle comprend que désormais ce sera pour elle l'infini du remords et des tribulations.

Cet enfant qu'elle désirait tant placer entre les bras du père comme une rédemption et un rachat est peut-être l'enfant de la trahison.

Un intrus va usurper la tendresse de l'honnête homme qui s'était confié à son honneur et qu'elle aime à présent, mieux que son âme.

Nul remède n'est possible à un mal si grand.

Car même si, nouvelle Médée, elle songeait à

anéantir le fruit déplorable, ne risquerait-elle point ainsi de tuer l'enfant de Jacques ?

Elle accepte donc l'existence à venir et ses éventualités comme une source assurée de douleurs auxquelles elle n'a point le droit de se dérober.

X

LES DEUX KÉROUBS

Jean de Sainte-Aulde comprit que son dernier souhait fut encore un souhait imprudent et sa réalisation, féconde en amertume, vandale de ses plus précieux trésors gardés en la mémoire.

Il résolut de n'en plus former et n'osa même point revoir Fabien.

— Le Bonheur est vraiment chose trop difficile — décréta-t-il, mortellement accablé.

Mais, de cet accablement même, il lui vint un peu de calme.

Il en profita pour se remettre à ses lectures aimées autrefois et tant d'autres inconnues encore.

Son esprit s'ouvrit au contact de toute pensée

humaine, s'appropria les idiomes divers et fra-
ternisa avec l'intellectualité universelle.

Il voyagea aussi, et passa de belles heures devant
les œuvres peintes et sculptées par les Maîtres.

Il aima le dialecte abstrait de la musique.

— Nous ne devons, sans doute, sur terre — se
résigna-t-il — connaître, du Bonheur, que le Désir
et le Rêve de ce Bonheur, EN VAIN rêvé par des
âmes de choix et immobilisé en des œuvres d'Art.

Le plus sage emploi que nous puissions faire du
bref passage de notre vie, c'est de nous mettre en
communion avec toutes les traces de ce Rêve, laissé
sous toutes les formes les plus belles comme une
protestation contre l'hypothèse révoltante du néant.

C'est, lorsque, par la suprématie de l'Art, nous
sentons battre en nous le cœur des humanités de
tous les temps et de toutes les contrées, avec ses
inquiétudes, ses espoirs, ses mélancolies et ses
élans si pareils aux nôtres ; lorsque nous revivons
nos émois dans leur émoi fraternel — c'est alors
seulement que nous réalisons, de plus près, le vœu
du Bonheur, par la tranquille résignation à ne le
chercher que dans le Rêve.

Et peut-être, la Force créatrice du Désir existe-t-elle en effet.

Non point livrée entre nos mains débiles pour être le jouet de nos aveugles et folles volontés, mais à l'état de floraison d'Amour et d'Espoir généreusement rayonnant hors de nous, qui s'en va donner du réconfort à d'autres âmes incertaines, harassées et succombantes sur les mêmes routes où nous marchons — routes à l'invisible but.

Ainsi, notre spiritualité se perpétue par la passion de se propager — de même que la Matière, par le Désir.

— Lois d'Amour — murmure-t-il, absorbé dans sa méditation.

Mais la seule euphonie de ces mots évoque la silhouette d'Hélène.

Et Jean se constate encore très misérable devant ce souvenir répudié mais non aboli.

Il cherche pourtant, avec persévérance, et non vainement sa guérison d'âme par le monde divers et pareil.

Dans les longues traversées il respire l'arome des vastes étendues, livre son esprit à l'âme rythmique

de cette eau changeante autant que notre âme
même ; tantôt bondissante d'allégresse et de confiance, tantôt retombée dans les gouffres de dé-
couragement, réjouie de lueurs fugitives, puis
gris désert, désespéré.

Il adora la trace des civilisations disparues, im-
mortalisées dans un geste de pierre, docile autrefois entre des mains d'artistes dévots de Beauté.

Il revit dans les musées des portraits qui l'at-
tendaient patiemment comme de vieux amis, des
visages de femmes qui l'accueillirent avec bienveillance : courtisanes du Titien, saintes de Léonard
de Vinci — égales dans le rayonnement de l'Art et
du Génie, opulentes commères des maîtres fla-
mands, aussi belles.

C'est à Harlem — où Jean de Sainte-Aulde était
revenu pour revoir les Frantz Hals et les Jehan de
Bray — qu'il trouva dans un journal parisien,
oublié par quelque voyageur, une nouvelle dont il
fut attristé mais non surpris :

Fabien s'était suicidé.

Jean se tint pendant longtemps éloigné de la
France.

Aussi, ignora-t-il longtemps que Mme Romanel avait cessé de vivre en accouchant d'un enfant mort, *leur* enfant, fruit d'un souhait suprême et funeste.

Souhait formé par l'Amour, exaucé par la Mort — ces deux terribles Kéroubs qui se disputent, âprement et sans trêve, les destinées humaines.

1904-1905.

FIN

TABLE DES MATIÈRES

—

TROISIÈME PARTIE

LES DEUX KÉROUBS

Saint-Amand (Cher). — Imp. Bussière

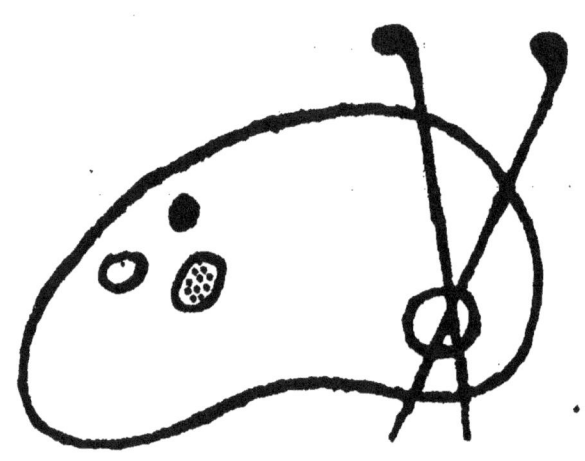

Début d'une série de documents
en couleur

EXTRAIT DU CATALOGUE

DES ÉDITIONS DV MERCVRE DE FRANCE

Collection de Romans

CLAIRE ALBANE

Amour tout simple......... 3.5o

ANONYME

Lettres d'amour d'une Anglaise. 3.50

MARCEL BATILLIAT

La Beauté................. 3.50
Chair mystique............. 3.50
Versailles-aux-Fantômes....... 3.5o

MAURICE BEAUBOURG

La rue Amoureuse........... 3.50

ALOYSIUS BERTRAND

Gaspard de la Nuit.......... 3.50

G. BINET-VALMER

Le Gamin tendre.......... 3.50
Le Sphinx de Plâtre.......... 3.5o

LÉON BLOY

La Femme pauvre........... 3.50

HENRY BOURGEREL

Les pierres qui pleurent....... 3.50

E.-A. BUTTI

Automate................. 3.50

JUDITH CLADEL

Confessions d'une Amante...... 3.50

MRS W.-K. CLIFFORD

Lettres d'amour d'une Femme du monde................. 3.50

J.-A. COULANGHEON

Le Béguin de Gô........... 3.50
Conversion sentimentale....... 3.50
Les Jeux de la Préfecture....... 3.50

JEAN CYRANE

Château de félicité......... 3.50

GASTON DANVILLE

Amour Magicien........... 3.50
Contes d'Au-delà............. 6 »
Parfum de volupté......... 3.50
Reflets du Miroir 3.50

ALBERT DELACOUR

L'Evangile de Jacques Clément. 3.5o
Le Pape rouge............. 3.5o
Le Roy.................. 3.5o

LOUIS DELATTRE

La Loi de Péché.......... 3.50

EUGÈNE DEMOLDER

L'Agonie d'Albion........... 3 »
L'Arche de M. Cheunus....... 3 »
Le Cœur des Pauvres........ 3.50
Le Jardinier de la Pompadour.. 3.50
Les Patins de la Reine de Hollande................. 3.5o
La Route d'Emeraude... ..... 3.50

EDOUARD DUCOTÉ

Aventures............. 3.50

ÉDOUARD DUJARDIN

L'Initiation au Péché et à l'Amour................. 3.50
Les Lauriers sont coupés...... 3.50

LOUIS DUMUR

Un Coco de génie........... 3.50
Pauline ou la liberté de l'amour. 3.5o
Les Trois Demoiselles du père Maire................. 3.5o

GEORGES EEKHOUD

L'Autre Vue.............. 3.50
Le Cycle patibulaire.......... 3.50
Escal-Vigor.............. 3.50
La Faneuse d'amour......... 3.50
Mes Communions........... 3.50

GABRIEL FAURE

La dernière Journée de Sapphô. 3.50

ANDRÉ FONTAINAS

L'Indécis................ 3.50
L'Ornement de la Solitude..... 2 »

ANDRÉ GIDE

L'Immoraliste.............. 3.50
Les Nourritures Terrestres..... 3.50
Le Prométhée mal enchaîné.... 2 »
Le Voyage d'Urien, suivi de Paludes

Poésie

ERNEST RAYNAUD
La Couronne des Jours....... 3.5o

HUGUES REBELL
Chants de la Pluie et du Soleil. 3.5o

HENRI DE RÉGNIER
La Cité des Eaux............. 3.5o
Les Jeux rustiques et divins... 3.5o
Les Médailles d'Argile........ 3.5o
Poèmes, 1887-1892........... 3.5o
Premiers Poèmes............. 3.5o

LIONEL DES RIEUX
Le Chœur des Muses.......... 3.5o

ARTHUR RIMBAUD
Œuvres de Jean-Arthur Rim-
  baud...................... 3.5o

P.-N. ROINARD
La Mort du Rêve............. 3.5o

ALBERT SAMAIN
Le Chariot d'Or............. 3.5o
Aux Flancs du Vase, suivi de
  Polyphême et de Poèmes ina-
  chevés.................... 3.5o
Au Jardin de l'Infante........ 3.5o

PAUL SOUCHON
La Beauté de Paris........... 3.5o

LAURENT TAILHADE
Poèmes aristophanesques...... 3.5o

R.-H. DE VANDELBOURG
La Chaîne des Heures......... 3.5o

ÉMILE VERHAEREN
Les Forces tumultueuses...... 3.5o
Poèmes (3e édition).......... 3.5o
Poèmes, nouvelle série........ 3.5o
Poèmes, IIIe série............ 3.5o
Les Villes Tentaculaires, précé-
  dées des Campagnes Halluci-
  nées..................... 3.5o

FRANCIS VIELÉ-GRIFFIN
Clarté de Vie................ 3.5o
La Légende ailée de Wieland le
  Forgeron................. 3 5o
Phocas le Jardinier.......... 3.5o
Poèmes et Poésies............ 3.5o

Théâtre

HENRY BATAILLE
Ton Sang, précédé de La Lé-
  preuse................... 3.5o

PAUL CLAUDEL
L'Agamemnon d'Eschyle....... 2   »
L'Arbre................... 3.5o

MARCEL COLLIÈRE
Les Syracusaines............ 1   »

ÉDOUARD DUJARDIN
Antonia................... 3.5o

ANDRÉ GIDE
Saül. Le Roi Candaule........ 3.5o

MAXIME GORKI
Dans les Bas-Fonds.......... 3.5o
Les Petits Bourgeois.......... 3.5o

GERHART HAUPTMANN
La Cloche engloutie.......... 3.5o

A.-FERDINAND HEROLD
L'Anneau de Çakuntalâ....... 3   »
Sâvitri................... 1   »
Une jeune femme bien gardée.. 1   »

ALFRED JARRY ET CLAUDE TER-
RASSE
Ubu Roi, texte et musique..... 5   »

VIRGILE JOSZ ET LOUIS DUMUR
Rembrandt................. 3.5o

JEAN LORRAIN ET A.-FERDINAND
HEROLD
Prométhée................. 1   »

CHARLES VAN LERBERGHE
Les Flaireurs............... 1   »

EMERICH MADACH
La Tragédie de l'Homme....... 3.5o

Histoire — Critique — Littérature

Philosophie — Science — Sociologie

EDMOND BARTHÉLEMY
Thomas Carlyle.............. 3,5o

H.-B. BREWSTER
L'Ame païenne.............. 3,5o

THOMAS CARLYLE
Sartor Resartus............. 3,5o

JULES DE GAULTIER
Le Bovarysme............... 3,5o
La Fiction universelle....... 3,5o
De Kant à Nietzsche........ 3,5o
Nietzsche et la Réforme philoso-
phique.................... 3,5o

REMY DE GOURMONT
Physique de l'amour. *Essai sur
l'instinct sexuel*........... 3,5o

PIERRE LASSERRE
La Morale de Nietzsche....... 3,5o

MAURICE MAETERLINCK
Le Trésor des Humbles....... 3,5o

MULTATULI
Pages choisies.............. 3,5o

FRÉDÉRIC NIETZSCHE
Ainsi parlait Zarathoustra...... 3,5o
Aurore....................... 3,5o
Le Crépuscule des Idoles, le Cas
Wagner, Nietzsche contre
Wagner, l'Antéchrist........ 3,5o
Le Gai savoir................ 3,5o
La Généalogie de la Morale.... 3,5o
Humain, trop Humain (1re par-
tie)....................... 3,5o
L'Origine de la Tragédie...... 3.
Pages choisies............... 3,5o
Par delà le bien et le mal 3,5o
La Volonté de Puissance, 2 vo-
lumes...................... 7 »
Le Voyageur et son Ombre (*Hu-
main, trop Humain, 2e par-
tie*)...................... 3,5o

PÉLADAN
Supplique à S. S. le Pape Pie X
*pour la réforme des canons en
matière de divorce*......... 1 »

LÉON TOLSTOI
Dernières Paroles............. 3,5o

H.-G. WELLS
Anticipations................. 3,5o
La Découverte de l'Avenir..... 1 »

Envoi franco, sur demande,

du Catalogue complet

des Éditions du Mercure de France

Poitiers. — Imp. Blais et Roy, 7, rue Victor-Hugo.

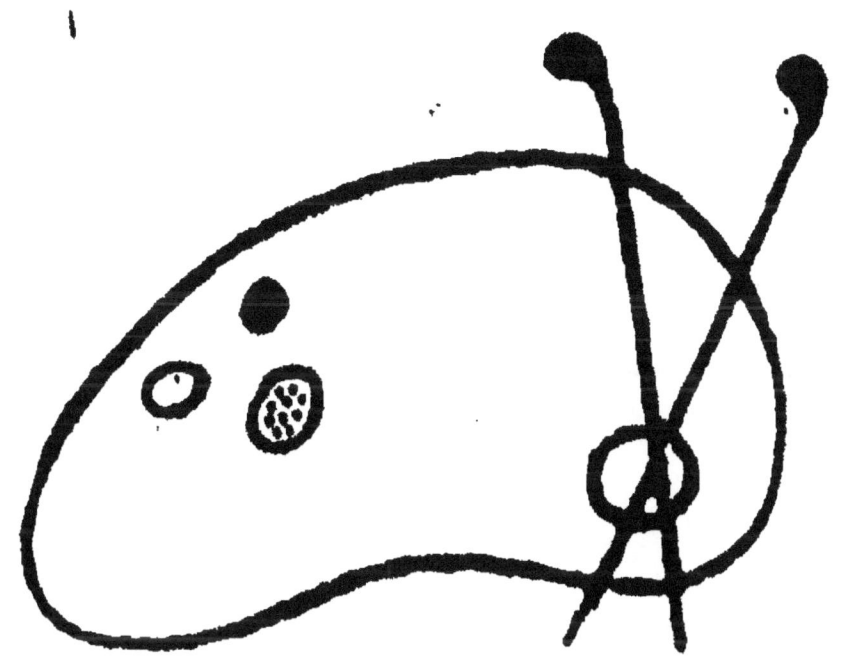

Fin d'une série de documents
en couleur